猫の診察で思いがけないすれ違いの末、みんな小刻みに震えました

Neko no shinsatsu de omoigakenai surechigai no sue, min'na kokizami ni furuemashita.

著 やーこ Yako イラスト 栖周 Amane Sumi

KADOKAWA

はじめに

本書を手に取って頂き有難う御座います。

生温かい目で読んで頂ければ幸いです。

読み進めていくうちに作中の挿絵においてカンフー服を着ている描写が多い事に気がつき「何故この服装か？」と不思議に思われる方が多い事と思われるので予め説明をしておくと、これについては私が中国武術を習っている事が関係している。
屋外での自主練習の際、熟練度の足りぬ私でも練習着さえ着ていれば「練習に励む人」であるが、着ていなければたちまち「不気味に蠢《うごめ》く汗まみれの不審者（荒い息添え）」と化す為、それを避けるべく頻繁に着用していた事が絵師の栖周《すみあまね》氏の筆に反映されている。

ブックデザイン＝松田 剛
（Tokyo 100millibar Studio）
校閲＝鷗来堂
編集＝重藤歩美

もくじ

猫の診察で思いがけないすれ違いの末、みんな小刻みに震えました

合コンに行ったら怖い目にあった話

友人が恋をしている爽やかな男と花見をする事となり、協力してくれと酒を積まれ半ば強制的に人生初のキューピッド役をやる事となった。

てっきり三人で行くのかと思いきや、当日着いてみると我々の他に、初対面の面倒な男と謎のインド人がいた。

私は酒に目が眩み自分が花見という名の合コンに紛れ込んでしまった事を静かに悟った。

自己紹介を終えると、友人は早速話題に困ったのか「やーこは武術を習っている」と、いらぬ情報を皆に漏洩した。

面倒な男が何か技を見せろと腕を掴んできたので、びっくりしてうっかり飛ばしてしまい、奴はブルーシートから離脱していった。

もはや恋のキューピッドではない。私の矢に射貫《いぬ》かれた者は恋に落ちずに命を落とす事だろう。ただの荒ぶる破壊神である。

何故かインド人の目が光った。

面倒な男は謝ると力無く私の友人の隣に着いた。周りが友人のもとへ集まる中、インド人だけが先程からこちらを熱く見つめている。

面倒な男は私の友人が気になるのか執拗に喋りかけている。しかし、友人の方は爽やかな男と一言でも多く言葉を交わしたい。

爽やかな男は友人に狙われ、友人は面倒な男に狙われている。

花見は口説き口説かれる恋の戦場となったのだ、私とインド人を除いて。

今なら「一部地域を除き」の一部地域の気持ちが分かる気がする。

しかし、インド人が
「ワタシ、習ッテル。オマエノ武術、ワタシノ武術、オマエト腕試シタイ」

などと話しかけてきた為、ある意味こちらも別の意味で戦場となろうとしていた。

何故あちらはあんなにも煌《きら》びやかに青春を謳歌しているというのに、こちらは謎のインド人に戦いを申し込まれているのだろうか。

こんなお日柄の良い日に格闘ゲームのストーリーモードを体感する事になろうとは夢にも思わなかった。

インド人は恐らく「練習は安全に行う」と言いたかったのだろう、しかし日本語にまだ不

慣れな為かこちらを真っ直ぐと見つめ
「死ナナイ」
と、呟いた。
春を感じに来たというのに、もはや生命の危機を感じている。

私は面倒な男をインド人に差し出した。

明らかに面倒な男は「え⁉ 俺⁉」という顔をしたが、私の友人が応援した為か彼はそのまま技を掛けられる事となった。

面倒な男は本日二回目のブルーシート離脱を見せた。

インド人は面倒な男を飛ばしておいて
「オマエガ　コウシタ？」

と、言ってきた。

やったのはインド人であり私ではない。

恐らく「お前はこうして技をかけたか？」と訊きたかったのだろう。

しかし、発音が悪い為
「オマエガ　コロシタ」

と、聞こえた。

たった一文字の違いでサスペンスが止まらなくなってしまった。

爽やかな男がトイレに立つと、友人は「爽やかな男と仲良くなりたい、協力して」と、面倒な男に言い放った。

インド人の言う通り、先程までの勢いのある彼は死んだ。

こうなれば彼はこちらのインド人サイドへ来るしかない。


ようこそ、ダークサイドへ。

友人と爽やかな男が会話する中、私とインド人と、面倒な男の宴が陰で開催された。

「俺ら何してるんだろうな」

と、面倒な男が呟いた。

インド人は何故か石を持ち上げダンゴムシを観察している。

話を聞けば、もともと面倒な男が私の友人と仲良くなりたくて花見を開催したのだそうだ。

ふと、ではこのインド人は一体？ と疑問に思い、面倒な男に訊いたが
「分からない。当日来たらいた」

と、素性が掴めない。

インド人本人に訊いてみたが
「桜、見タカッタ」

と答え、結局分からなかった。

我々は桜を眺めた。
花びらが風で舞い、胸に抱いたこの名状し難い感情を洗い流してくれるようであった。

カツアゲにあった話

昔、カツアゲにあった。

当時中学一年生の自分に、同じく中学生くらいの恐らく年上の少年が突如金を貸してくれと申し出てきた。しかし、私は今しがたコンビニでパピコを買ってしまった為、手持ちは十数円くらいしかなかった。


これはあまりに小銭が少なすぎて、出しても殴られるのではないだろうか?

出しても出さなくても殴られる世界線に私は戦慄した。

尚も金銭を出すよう要求する中学生に、何故か申し訳ない気持ちすら抱きつつ財布を目の前に出し、ひっくり返し中身を見せた。

……八円。

「えっ」

中学生があまりの少なさに声を漏らした。

「えっ」

私も予想よりも少なかった金額に驚きの声を上げた。

しばらくお互いに気まずい沈黙が訪れた。


しかも、その日は母が迎えに来る事になっていた為、家に電話をする約束をしていた。

その電話代がないという事態に陥《おちい》っている事にこの時初めて気がついた。

もはやカツアゲどころではない。

何故私はパピコを買ってしまったのか……と己の行動を恨んだ。


なんとなくだがそのカツアゲの人が話しやすい雰囲気を醸し出してきたので、よかったらパピコ食べます？　と半分差し出した。

残金が無さすぎて急に心細くなったのだ。

「あ。いや、なんか八円しかないのに悪いな……」

と、むしろ若干遠慮される始末である。

それ程までに私のお財布事情は深刻なのだろうかと、中学生ながらに不安になった。

貰ってすぐに帰るかと思いきや、彼はその場でパピコの吸い口を開封し、何故か一緒にパピコを吸い上げる事となった。

不良も一心不乱にパピコを吸い上げては迫力も何もあった物ではない。
私はアホな子供であった為、口中の全ての空気を無にし、真空にする如く必死に吸い上げていると
「お前、まずは手でこうやって揉んで溶かすんだよ。そうすると吸いやすくなるから」
と、パピコを吸うにあたってのご指導までしてくれる有様である。

その面倒見の良さに付け込み
「家に電話しないといけないんですけど、十円玉持ってませんか？」
と、訊いてみたところ
「何で金貸してって言った奴から金借りようとしてんの？」
と、至極真っ当な答えが返ってきた。
パピコあげたじゃないですかと言うと、まるで見た事のない変な虫を見た時のような顔をしていた。既視感があると思えば、コウガイビルを初めて見た時の友人の顔と酷似していた。
あの時のコウガイビルの気持ちが少し分かった気がした。
しかし困ったと事情を話したところ、物凄く深いため息の後に、そっと十円玉を差し出してくれた。有難うと大喜びで礼を言い、家への電話を終え、母が到着し次第にすぐに返すから待っててくれと伝えると
「えぇ？……いいよ。帰るわ」

と、帰ってしまった。
カツアゲに見捨てられてしまった。

その後、カツアゲにあったと友人に告げると、大変驚いて先生に言いに行こうと言ってくれたのだが、カツアゲにあったが十円を貰って帰宅したという何故か利益を上げている結果にどう説明をしたら良いのか分からず、結局大人には伝えなかった。

母に言おうものなら、パピコに電話代を使った事実が判明し余計に怒られてしまうのでこれも言えない要因の一つであった。

昔、カツアゲをしたらむしろ十円を失った事がある者はご連絡頂きたい。
何かすみませんでした。

しのびねえ……
ニョロ…
……かまわんよ

サンプル品を触ったら思いも寄らない怖い目にあった話

個人経営の小さな家電屋に入った。

店内を見回すと、子供の頃に欲しかった押すと国名を音声で読み上げてくれる地球儀が置いてあった。

思わず懐かしくなり、私はオーストラリアをそっと押してみたが壊れているのか音は鳴らなかった。

すると、見知らぬオヤジが入店し、すぐさま店主に向かい「商品の置き方が紛らわしくて音の出ない普通の地球儀を買ってしまった」と怒り始めた。

オヤジが店主に熱く主張をしている中、私は諦めきれず地球儀を何度か押していたところ奇跡的に音が鳴った。

しかし、何度も押した為か「オーストラリア」と発声するところを何故か

「ボボボボボボボボボボボボボボボボボ」

と、謎の音が延々と鳴り響いた。

オーストラリアの身に何が起こったのだろうか。

「レシート捨てたけど……」

「ボボボボボボボボボボボボボボボボボボ」

「紛らわしい置き方が悪……」

「ボボボボボボボボボボボボボボボボボ」

怒るオヤジの背後で私の押した地球儀が荒ぶっている。

気のせいであってほしいが、先程からオヤジの訴えを妨害している気がしてならない。

私はオーストラリアを中心に猛り狂う地球を黙らせようと、懸命にオーストラリアを押した。

しかし、それがオーストラリアの怒りに触れたのか、加えて不気味なメロディの様な音も流れ出し事態は更に悪化した。

ただ一言地球儀に「オーストラリア」と言ってほしかっただけであるのに大変な事になってしまった。

地球儀を押しただけでこの様なホラー展開が待っていようなどと誰が想像できただろうか。

次第にオヤジの口数は減っていった。

私は店主に声をかけ助けを求めた。

「地球から悲鳴が……」などと、環境破壊を語るうえでしか表現しないような言い回しを日常会話で使う日が来ようとは思わなかった。

しかし、店主を以《もっ》てしても地球を鎮《しず》める事はできなかった。

店主は地球儀を両手で持ち、様々な角度からスイッチを探したが不気味な音は我々の鼓膜を揺らし続けた。

地球儀はしばらく荒ぶり続けた後《のち》、何故か最後に
「めきしこ……」
と、呟き沈黙した。
心なしか儚げであった。

私と店主は地球儀に翻弄され、途中から怒っていたオヤジの存在を忘れていた。

ようやく思い出しその方向に視線を向けると、オヤジは口元を綻ばせ肩を震わせながら我々から顔を逸らしていた。

最後の「めきしこ……」がオヤジに効いたようであった。

ここで噴き出しては体裁が保てないと思い、必死に耐えているのだろう。

オヤジの先程までの勢いは地球儀と共に沈静化された。

オヤジは最後の力を振り絞り
「もう買った物を喋る地球儀と取り替えてくれれば良い」

と、肩を震わせながら願い出た。

しかし、店主の口からは

「この飾ってあるやつしかないですね」

と、絶望的な言葉が発せられた。

オヤジには音が鳴らぬ普通の地球儀と引き換えに、音が鳴りすぎる不気味な地球儀しか残されていなかった。

無い方がむしろ気が楽なレベルの在庫であった。

オヤジはついにレジに手を置き沈んでいった。

地球の悲鳴の次はオヤジの腹筋が悲鳴を上げている声が店内に響き渡った。

ボボボボボボボボボボボボ
地球から悲鳴が……
ボボボボボボ ボボボ○○○○○○

めきしこ……
地球儀――!!

苦情を言われて丁寧に対応したら裏目に出て怖い事態を招いた話

知り合いが個人経営しているコンビニエンスストアの手伝いに行き、店主と私とアルバイトの木村で店に立った。

そこで教科書に載るような見事なご婦人クレーマーに出会《でくわ》した。

店主は他のお客様の対応に追われている為、私が餌食となった。

話を聞いていると
「あなた、ちょっと！」

と、更に後ろから新たなクレーマーが現れた。

クレーマー達に挟まれてしまった。

オセロであったら危うく色が変わるところであった。

しかし、突如変色しだした私を見れば、クレーマーといえども踵《きびす》を返し逃げ出す事だろう。

人生で初めて自分がオセロでない事を悔やむという貴重な体験をした。


二対一ではいささか分が悪い為、一人お裾分けしようと私は木村の方を見た。

木村は突如レジの床の汚れが気になり始めたのか、その身を縮め懸命に床を磨き始めた。

私の中で木村への不信感が１００上がった。


木村が職人の目つきで床を磨いているので、私一人で対応する事となった。

マニュアルに従いミーティングの個室に通しクレーマー達に座ってもらったが、同時に喋る為聞き取れず、私は己の耳の限界と聖徳太子の偉大さを知った。

私が聖徳太子ならば十人の話を聞くのならば、私が十一人程必要である。

埒が明かぬので
「お一人ずつ、より重要な方からお話を伺います。どちらが先ですか？」

と、述べた。

その瞬間、クレーマー同士の争いが始まってしまった。

今や私は蚊帳の外である。その心情は蝉の縄張り争いを見守る気持ちに近い。


店主がドアをノックしたので、私は廊下へ出た。

どういう状況かと訊いてきたので答えたが

「お客様にはお客様同士で戦ってもらっています」

と、デスゲームの主催者のような物言いになってしまった。

店主は「何やってんの⁉」と言い、ツボに触れたのか震えながら部屋を覗いた。

店主の質問の意図としてはクレームがどのような内容なのかを訊きたかったらしいが、今や自分の店がデスゲーム会場にされているという恐怖の事態に全てかき消されたようであった。

何故クレーマー同士の争いが勃発したのかと訊くので経緯を述べると、店主は「闇堕ちした一休さんのようだ」と言葉を漏らした。

私は人の話を聞かぬ聖徳太子から一生悟りの開けなさそうな一休へと変貌を遂げた。

聖徳太子と一休のチャームポイントを全て擲《なげう》った名ばかりの存在となった。

店主が身体を震わせなかなか部屋に入らない為、私は「今やクレーマーとはいえ元はお客様ですよ、どうしますか？」と判断を仰ごうとした。

しかし、妙に短縮され
「元は人間です。どうしますか？」

などと、映画などで初めてゾンビを撃つ自衛官が言いそうなセリフを吐いてしまった。

店主の頭の中では一休が銃を構えた事だろう。

言い直したが

「皆、人間なんです……」

と、自衛官の心の葛藤を描き、いたずらに深刻さが増すばかりであった。

店主がタニシのように動かず奇声を漏らし続けていた為に時間がかかってしまったが、

我々は満を持して部屋のドアを開いた。

クレーマー達の視線が一斉にこちらへ集中した。

目を充血させ、込み上げる腹部の震えを筋力のみで押さえつけている店主が登場した事により、室内のパワーバランスは崩れた。

異様な迫力を醸し出す店主を見て、クレーマー達の勢いは瞬く間に失速した。

そのうちの一人のクレーマーは常連クレーマーであり、バイトの者を見つけては絡むという習性を持っているようであった。

木村が全力で床職人と化した理由はここにあった。

その一件の後《のち》、例に漏れず私も絡まれるようになったが、あまりにも絡まれ続けた為、途中からクレーマーとの間に戦友のような謎の一体感が芽生え始めた。

挙句の果てには「あの変な子いる？」などと無礼極まりない名指しで現れ、クレームついでにお裾わけや「梅干しは焼いて食べると肩こりに良い」というお得な情報などを添えて去る様になった。

梅干しの情報については感謝しかない。

そして、木村は常連クレーマーが現れる度に職人の目つきになった。

手伝う期間の後半に差し掛かると、私は木村の床を見る眼差しでクレーマーが現れたか否かを悟れるようになった。

店内の床は木村の手によって常に美しさが保たれていた。

面倒事の数だけ、あの店の床は輝きを増していく事だろう。

秘技・苦情者手懐
ふ~
シャッシャッ
すい——

苗字によるトラブルで恐ろしい事になった話

中学生の頃、私は田口という同級生と長期にわたり揉めていた。復讐の天才と謳《うた》われている友人から知恵を授かり、彼の持ち物に書かれている名前の全てに細工を施し、田の上に線を伸ばし「氵」を付け足し、口に「十」を加え「田口」を「油田」にした。

担任はヤクザの抗争のように繰り返される我々の戦いを問題視し、田口と私を職員室に呼び出した。

そもそも田口が先に仕掛けてきたと私が告げると、田口は私のせいであだ名が石油王になったと己の被害を報告した。

担任とその隣の席の教員の動きが止まった。自身の受け持つ生徒間の揉め事にまさか石油王が関与しているとは思わなかったのだろう。

担任はこの「田口油田事件」を知っていたのでまだ耐性があったが、隣の教員は抗体がない為既に噴き出さぬよう必死に耐えていた。

それぞれの問題に対し互いにどうしたら問題が解決するかをその場で考えさせられる事となった。

田口は私の読んでいたミステリー小説の登場人物に丸をつけ、私の推理を撹乱させた事を謝罪し、描いたものは全て消しゴムで消すと誓った。

一方私は、田口が引く程に解決策が思い浮かばず頭を悩ませていた。

田口は私の小説に消しゴムを動かすだけで解決であるが、私は田口を石油王と呼ぶ大衆を動かさなければならない。

先生は、田口に対する強い恨みから私が答えを出せないのかと誤解し、時と場合によるが互いに歩み寄る心が大切だと諭した。

このままでは田口のせいでカタツムリの殻程に狭い私の心が、水槽のタニシの殻程の狭さだと認識される事だろう。

恐らく担任は「周りを説得する」という案などを期待していたのだろう。

しかし、私の頭が硬い為に

「田口の名を捨て仏門に下り戒名を頂くしかない」

という案しか出てこなかった為、担任は予想より遥かに重い決意を要する解決策に狼狽《うろた》え、隣の教員は手元が狂いコーヒーを机にぶちまけ悲鳴を上げた。

担任が授業の際に仏教と僧侶について我々に教授していた事が裏目に出てしまった。

浄願院誠心諦巖信士

自身の授業が生徒に行き届いている事が、隣の教員を地獄へ突き落とす結果を招くとは予測もつかなかった事だろう。

職員室は雑巾が飛び交い、精密機械を必死に庇《かば》う作業に追われ阿鼻叫喚の現場と化した。

田口油田事件は我々の教室にとどまらず職員室全体を巻き込む恐ろしい事件へと発展した。

担任が「もっと他にやり方があるでしょう」と述べるので、あとはどこかに婿養子に入ってもらうしか道は無いと述べると、田口は俺だけ解決策に人生がかかっていると己の運命を嘆いていた。

「何故、田口の方をどうにかしようとするんだ……」

と、担任が言葉を漏らすと、デスクを拭いていた教員の笑いのツボは限界を迎えた。

もはや話し合いどころではない。

担任を含む我々は、他の教員によりやんわりと職員室から追い出された。

廊下で、田口の人生と苗字を変える以外の解決策を紙に書いて明日の朝に提出するようにと言われ、私と田口は帰された。

私は大衆を説得する為、田口を石油王と呼ばないよう呼びかけるポスターを描いたが
「NO石油王」
などと、見出しを大きく書いた為、近隣の開発に反対する村人の立て看板のようになってしまった。

翌日、担任に渡す為指定された時間に学校へ行くと、何故か田口もいた。

嫌な予感がするのでポスターを見せろと要求してきたので、私は担任より先に見せてやる事にした。

彼の嫌な予感は的中し、何があろうとも教室に絶対これを貼るなと厳重に注意された。

その後、職員室へ行き、田口の意思を伝えつつも担任に提出した。

担任はポスターを開くと途端に顔をうつ伏せ
「確かに紙に書けとは言ったけど、こういう事じゃない……」

と、呟き肩を揺らした。

面倒な生徒に当たってしまったと思った事だろう。

ポスターは却下となり、また振り出しに戻ってしまった。

私の田口へのフラストレーションは溜まる一方であった。

絶対反対!!
田口君と石油王と呼ばないで!
No石油王

露出狂に遭遇した話

家を出てものの数分、久々に露出狂に出会った。

彼はこちらをじっと見据え、少し思い悩んだ後《のち》、思い切って上着を開いたようであった。

その所作から察するに、彼にとって此処は初の露出の舞台なのかもしれない。人間何事にも初めてというものがあるが、意図せずして私は彼の初舞台へと舞い降りてしまったようだ。


それにしても、露出狂に遭遇するのは何年ぶりだろうか。

ここら辺にはもう生息していないと思っていた野生動物を久々に見かけた時のような懐かしさを覚えた。

お洒落なマスクに下半身が丸見えな状態がひどく面白かったので
「折角なので写真撮っていいですか？」

と、訊ねたが返事がなかった。

しかしながら、その開放された姿のまま静止しているところを見ると、快諾してくれたの

—— 露出狂に遭遇した話 ——

だろう。そう思いスマホを取り出したところ、突如露出狂は何かが弾けた様にこちらへ背を向け後方へ走り出した。

本能だろうか……気がつけば私は追いかけていた。


「一枚だけでいいんで」

久々の露出狂に出会《でくわ》し、自分でも気がつかないうちに気分が高揚していたのかもしれない。

走りながら自然と露出狂に妥協案を申し出ていた。

こんな話をしてもきっと誰も信じてくれないだろう。

「また、ふざけた話をしている」

などと言う友人の顔が頭に浮かぶ。十中八九嘘だと思われる事だろう。

だから一枚、一枚でいいから写真を撮っておきたかった。

真実を収めたい。

新聞社のカメラマンもこのような気持ちなのかもしれない。

見せたい露出狂と、写真を撮りたい私。お互いの要求は一致しているはずであるのに、何故こんなにも彼は必死に逃げるのだろうか。


途中、露出狂が転んだ。

彼は前が全開の状態で見事にスライディングを決める形となってしまった。

流石に心配になり更に速度を上げ近づいたところ、露出狂は悲鳴にも似た声で謝罪を口にしながら再び起き上がり走り出した。

その声はまだ幼さが残っているような、そして寒さのせいなのか心なしか震えているようだった。


未だかつてこんなにも何者かに拒絶された事があっただろうか。

これ以上の深追いは危険だ。

私は手に握っていたスマホをそっとポケットに戻した。

他者からの全力の拒絶に僅かに心が締め付けられつつ、遠ざかる露出狂の背中を見送った。

写真が撮れなかった無念だけをそこに残し、私は再び来た道へと歩みを進めた。

一枚だけでいいんで

新幹線で座っていたら予想のつかない事態になり悔しい思いをした話

友人と二人で新幹線に乗ったが、座席が前後に分かれてしまった。

私は通路側に座り隣は知らぬおじさんの二人組であり、後ろに友人と幼児と母親が座っていた。


しばらくすると幼児が愚図り始め、母親が困っていた。

心配になり後ろを向いたところ、友人が先に母親に大丈夫ですよと声をかけた。そして、そのまま子供に
「前の席から皆の好きな夢の国のキャラクターが出てくるよ」

と言い、私に目配せをした。幼児は少し興味を持ったのか数々のプリンセスの名を予測し口に出した。

急で狼狽《うろた》えつつも私は友人の意図を察し、一度座席に隠れ準備を整えた。

数秒後、母子と友人の前に、額を露出させアルファベットの「C」の様な形の首に挟むクッションを、カチューシャのように頭部に装着した生き物が背もたれから姿を覗かせた。

懸命に夢の国のネズミに擬態したつもりである。


プリンセスどころか、もはや例のネズミかどうかも危うい存在となった。

事前に知っていればより高度に仕上げられたのにと少々悔しい思いをした。

そのままだと丸いフォルムとなる為、クッションの真ん中を手で押さえネズミの耳を表現したが、サルの様なコミカルなポージングとなってしまった。

プロポーズなどの誠実さを問われるシーンで横に現れたら思わず殴りたくなるような風貌であった。

友人は後《のち》に「カバンに付けていた某テーマパークのネズミのストラップを見せろという意味で言った。お前がなるとは思わなかった」と、語った。友人の言葉が足らなかった為に、海外の非合法なお土産よりもクオリティの低い代物が生まれた。


子供の笑顔を見る為に行ったはずであるのに、肝心の子供は停止していた。

むしろ子供よりも母親とその周辺の大人達に妙な効き方をしている。

ふと、視線を感じて横を見ると座席の真ん中のオヤジと目が合った。

ちゃんと例のネズミに見えるだろうかと不安になり、目が合ったついでにオヤジに「例のネズミに見えますかね?」と、問う事にした。
しかし、実際出た言葉は恐ろしく短縮化された挙句名称を噛み
「むぃっきぃー?」
となり、鳴き声が「むぃっきぃー」という不気味な生命体と化した。

オヤジは「俺に訊くな。あとお前のような者が夢の国にいてたまるか」と思った事だろう。

すると、真ん中のオヤジの隣の窓際のオヤジが突如幼児に向かい

「日の出」

と言いながら一度沈み、その後自分の禿頭をゆっくりと背もたれから出現させた。

ここから我々の真の苦行の時間が始まった。

オヤジの太陽はそこに留まらず周辺をも照らし我々に直撃した。

子供に笑顔は戻ったが、母親の方は笑顔を通り越し重症となった。友人はもう人の言語を喋れなくなっている。

しかし、一番辛いのは真ん中のオヤジであった。

気を紛らわせようと窓の方を見ればオヤジの日の出が、反対側には「むぃきぃ」などと鳴く不気味な生き物がオヤジを待ち受けている。

真ん中のオヤジは一度席を外そうと思ったのか、こちらを向いて少し腰を浮かせた。

しかし、その瞬間オヤジの視界には、噴き出さぬよう必死に耐えている凄まじい形相のむぃきぃが映った。

オヤジは己の運命を受け入れた。

静かに腰を落とし、ただただ声を漏らしながら耐え忍んでいた。

私達の意識はもはや日の出のオヤジに釘付けであった。

すると、日の出のオヤジは
「日の入り」

と呟き、再び背もたれに沈んでいった。

何故トドメを刺しにきたのだろうか。

我々は限界を迎えた。

その後発覚する事だが、この時頭に使っていたのは赤ちゃんにミルクをあげる際に使う
「授乳クッション」であった。
どうりでネックピローにしては大きいと思った。

ゴゴゴゴゴ・・
日の出

夏休みに子供が近所の大人に付き纏《まと》い危険な目にあった話

夏休みに何らかの観察日記をつけるようにとの宿題が出された。

近所の子が育てている朝顔を勝手に観察していたが、そろそろ花が咲くというクライマックスの時に日当たりの良い場所に移動させられてしまい観察ができなくなってしまった。

悩んだ末に、近所を徘徊しては私をからかう、常に首元がよれたTシャツをお召しになっているおじさんを日記に収める事にした。

勝手に観察しては失礼だと思い、おじさんの日常にスポットを当てて良いかと尋ねたところ、おじさんは快諾してくれた。

おじさんの朝は早い。

川沿いの散歩を楽しみ、同じ時間帯に散歩をしている犬にいつも吠えられている。

鯉にパンを大盤振る舞いし、鳥に襲われる。

少しでも良い所を書いてもらおうと目論んだのか、珍しく私とボールで遊んでくれた。

その後解散し、夕方頃にパチンコで負けたおじさんはしなびた表情で戻ってきた。

というような内容を書き連ねた。


夏休みが明け、先生に提出したところ、数日後に呼び出された。

途中まで確かに朝顔の観察であったはずなのに、そろそろ開花という頃合いに花ではなくおじさんが日記に咲き乱れた為、混乱を招いたようだ。

しかも、おじさんに吠えた散歩の犬達を絵に添えた為、先生はおじさんの事を最初は犬だと思い込んでしまったようで、赤ペンで「一緒にお散歩した首輪の赤いふわふわなワンちゃん。先生もお散歩したいです」と、書き添えてあった。

残念ながら現実は首輪の赤いふわふわなワンちゃんなどではなく、首元の緩んだぼそぼそのおじさんであり、先生のご期待には沿えないだろうと思った。


散歩とボール遊びまでは何とか犬として認識して読めたが、その後にパチンコへ行き始め、更に散財して帰ってきた為、いよいよこれは犬ではないと気がつき、じゃあ何だと思ったら人間のおっさんだった事に先生に衝撃が走ったようであった。

先生は「もしかしたら自分の勘違いで本当はやはり犬なのかもしれない。どうか犬であってほしい」と一縷《いちる》の望みを懸けて私を呼び出し確認したのだろう。

しかし、願い虚しくやはりおじさんだった為
「ごめんね、ワンちゃんだと思ってこう書いちゃったけど……」

と、観察日記に「誤解してしまい、申し訳ありませんでした」と目の前で書き足した。

丁寧な良い先生である。

「今度からニンゲン以外の観察にしようね」

と言われ、いつの日かおじさんから人権を剥奪しないといけない日が来るのかもしれないと神妙な気持ちになった。

因みに母にもおじさんの事は話してあったが、恐らく絵本の腹ぺこなあおむしの化身のようなイマジナリーフレンドだと思われている。

私は観察のお礼におじさんに日記を渡した。

事の顛末と先生のコメントに、おじさんは突如酸素が欠乏した様子であった。

おじさんは、すぐさま奥さんを呼び出した。

観察日記を手渡すと、奥さんも急速に酸素濃度が低下したようであった。

奥さんは涙を滲ませながら、隣で小刻みに震えているおじさんをバシバシと叩き、その振動を加速させていた。

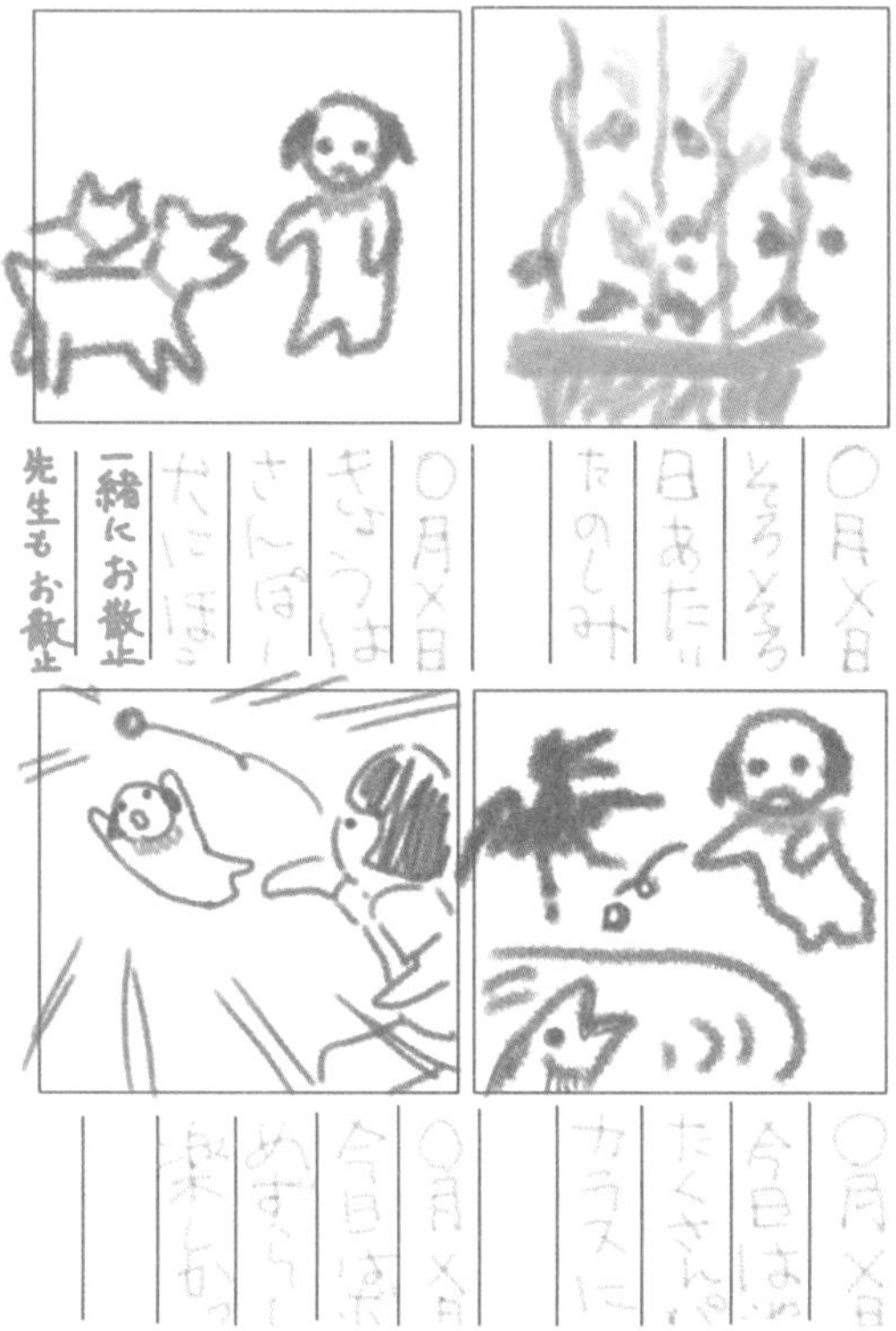
○月×日
そろそろ
日あたり
たのしみ
○月×日
きょうは
さんぽ
一緒にお散歩
先生もお散歩
○月×日
今日は
たくさん
カラスに
○月×日
今日は
めずらし

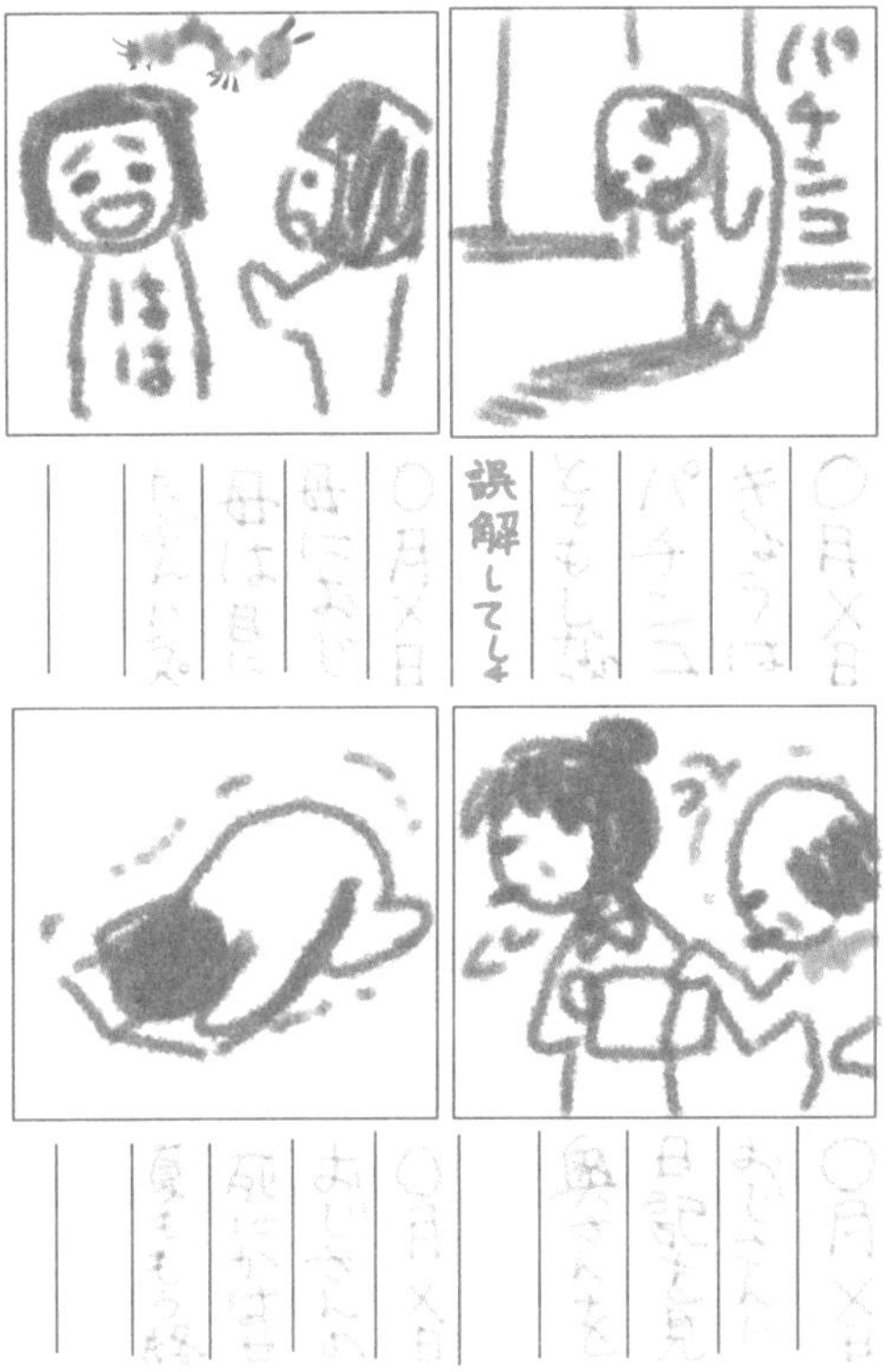
はは
パチンコ
誤解してしま

一冊の観察日記によって罪の無い夫婦が呼吸を阻害されるという危機に晒されてしまった。奥さんは息子が帰ってきたら見せると意気込んでいた。

その後、息子がその観察日記を読み、死にかけの蝉の様に床を転げ回ったと奥さんは語った。楽しそうな良い家族であるが、死にかけの蝉と化した息子が心配であると同時に、私は夏の終わりを感じた。

不良に絡まれ危機を迎えた話

ある日、近所の小さな神社を通りかかると同じ学年のヤンキー一人と、先輩ヤンキー二人がたむろっていた。

何故か呼ばれたので近くへ行くと、その先輩の一人に煙草を勧められた。

しかし、私は吸いたくないので丁重にお断りせねばならない。

私は教科書に載っていた喫煙により黒く染まった肺を思い出し、ニコチンはすぐ黒くなって怖いので遠慮しますと伝えた。

しかし、発音が「ニコチン」ではなく、明らかにあだ名の「ニコちん」であった為、暇さえあれば日焼けサロンへ足を運ぶガングロのニコちんという謎の人物が彼らの中に生まれた。

私がニコちんを連呼していると、察しの良い同学年のヤンキーが

「ニコチンな……」

と、震える声で訂正を入れ、後ろの先輩ヤンキーが激しく咳き込んだ。

「ヒロシ⁉ 大丈夫か？」

と、タバコを勧めた先輩ヤンキーが、盛大に咳き込むヒロシとやらの心配をした。

ニコチンにより肺が染まるのが怖いのは勿論の事、我が家の家訓で未成年の喫煙は許されない事を伝えようとしたが
「我が家の言い伝えで、ニコちんだけは許されないんです」

と、一族総出でニコちんに強い怨みを抱く盛大な歴史背景を仄《ほの》めかしてしまった。

ニコちんに一族を滅ぼされかけたのだろうか。

「そのお前ん家の伝説、何なの……？」

と、同学年ヤンキーが言葉を漏らした為、ヒロシに更なるダメージが加わった。

痺れを切らしたヒロシでない方の先輩は
「で、先輩の俺が勧めてるのに、結局お前は吸うの？ 吸わないの？」
と、言葉で詰め寄ってきた。
この言い方から察するに、断ってしまったら彼の顔が立たないのだろう。
しかし、私の肺にニコちんをご招待する訳にはいかない。
互いが幸せになれる道を探した結果、

「法に違反しないものなら吸えるのですが……」

と、妥協案を提案した。

今この場で法に反さず吸えるものといえば酸素くらいなものであるが、今やヒロシはその酸素でさえも満足に吸えなくなっている。

「もういいよ、帰れ。ヒロシが危ない」

と、先輩ヤンキーは下を向いたまま私を追い払った。

呼ばれたから来たというのに、何故今となっては追い払われているのだろうか。


一声かけ、その場を去ろうとしたが、五歩くらい歩くと明日の小テストの範囲を自分が忘れている事に気がついた。

ついでに同学年ヤンキーに訊けば良いと思い立ち
「明日の小テスト範囲何ページだっけ？」

と、引き返し再び近づこうとすると
「頼むから帰れ！」

と、先輩ヤンキーは顔を下に向けながら強く追い払った。

ヒロシは瀕死となった。

テスト範囲は23〜34ページだった。

明日のテスト……
頼むから帰れ！

近所の子供を助けようとした結果引っ越しを考える様になった話

裏の空き地で犬と遊んでいると、突如リードの紐が伸び、私の周りを回転した犬によって体に巻き付けられ身動きが取れなくなってしまった。

このまま何かの拍子に犬が走り出せば、西部劇の見せしめのように市中を引きずり回されるボンレスハムの図が近所に公開される事となる。

この様な時は反対方向に回転すると解《ほど》けると父が言っていたのを思い出し、私はリードの巻き付きに対し逆回転する事にした。

しかし、あろう事か愛犬は心配そうにこちらの顔を覗きながら共に回転をし始めた。

急に自転を始めた飼い主の頭を心配したのだろう。

大丈夫ですか？　という顔をしているが、お前が原因である事を決して忘れてはならない。

このままでは一生解《ほど》けない為、犬に止まってもらわなければならないが、彼はまだ「待て」ができない。

しかし、何故か笑点のテーマを聴くと動きを止め遠吠えをする習性がある為、そこを利用しようと閃いた。

私は人目も憚《はばか》らず歌った。

すると、犬から笑顔が消えた。

今や口角を下げ真顔でこちらを見ている。

犬とはこんなにも無になれるのだなと、私は愛犬の新たな一面を垣間見た。

そして、空き地にテンションの低い犬と不気味な歌声の飼い主が織りなす空間が生まれた。

遠吠えをしないところをみると、私の歌声は笑点のテーマとして認められなかったようである。

ただただ夕方の空き地の中心で、謎のリズムを刻みながら回転する無の犬と不気味な人間となってしまった。


また、不幸な事にサビがアップテンポな為、息継ぎが間に合わなかった。

酸欠に見舞われ苦しみながら回転し歌う様は、地獄でメリーゴーラウンドを開設する事があれば中心の柱として重宝される事だろう。

しかし、地獄では目立たぬが、娑婆《しゃば》では非常に異様な光景であった。

すると、近所のオヤジとその息子のヤンキーが口論をしながら通りかかった。

二人の目には顔を紅潮させ一心不乱に謎の曲を口ずさみ回転する人間と犬の姿が映った。

先程まであれだけ怒鳴りあっていたというのに、親子の間には突如沈黙が訪れた。

私はこの親子を逃すまいと回転しながら徐々に距離を詰めた。

よく分からないが酷く不気味な物が回転しながら近づいてくると親子は思った事だろう。

しかし、こちらも必死である。

状態を見て意図が伝わったのか、オヤジはリードを解《ほど》こうとしてくれた。

ようやく解放されると思った矢先、犬が私とオヤジの間に立ち吠え出した。

飼い主は自分が守るという意志を感じた。

しかし、視覚的には「飼い主を守ろうとする犬」というよりも「ボンレスハムを取られまいとする犬と取り返そうとする肉屋の店主」の図に近い。

私が犬が止まるよう僅かな望みにかけ歌っていると、オヤジが
「気が散るんだけど、さっきから何なのそれ⁉」

と、必死に犬を説得しながら問うてきた。

笑点のテーマを聴くと犬の動きが止まる旨を話すと、オヤジはそんなものでは全然笑点のテーマではないと、自分が歌い始めた。

しかし、オヤジも歌が下手であった。

オヤジの息子と愛犬の目が段々と死んだ魚のようになっていくのを私は見た。

吠える犬、独特なリズムを口から放つ者、紐で拘束されている者、そしてその傍らに佇む青年は感情を失った目をしている。

もし越してきたばかりの村でこの様な光景を目の当たりにすれば、速攻で「引っ越し」の文字が頭を過《よぎ》る事だろう。

オヤジの息子が機転を利かせ、スマホから笑点のテーマを流した事により、私は解放された。

犬はちゃんと遠吠えをした。

私とオヤジの歌は最後まで犬に認められる事はなかった。

オヤジの息子は
「下手くそなんだから無理すんな」

と、オヤジに言ったが、その言葉はオヤジを貫通し、私をも突き刺した。

夕日がいつもより目に沁みた気がした。

窓を開けたら隣の住人とトラブルが起きて人生が終わりかけた話

人というものは暇な時間が長くあると碌な事をしないものである。

夏も後半を迎えたある日の午後、暇を持て余した私はツクツクボウシの鳴き声に合わせ左右に腰を振っていた。

鳴き出しの「ツクツクボーシ」から始まり、「ツクジーア」とテンポが速まるにつれ私の振りもその速度を上げ、フィナーレの「アアアアァァ！」のところで振動しながら両手を上空へと昇らせた。

この一連の動きを蝉が鳴き出す度に繰り返し、何度目かのフィナーレに震えている最中《さなか》、ふと横を見ると隣に住んでいる常に厳しい顔をしているおじさんと網戸越しに目が合った。

周囲への警戒を怠った末路である。

夏の風を感じようなどと風情を求め窓を開け放った事が裏目に出てしまった。

両者の間に「アアアアアアァァ」とツクツクボウシの鳴き声が響いた。
夏の終わりと共に社会的に終わる音がした。
私も許されるのならばアアアアアァァと叫びたい心持ちであった。

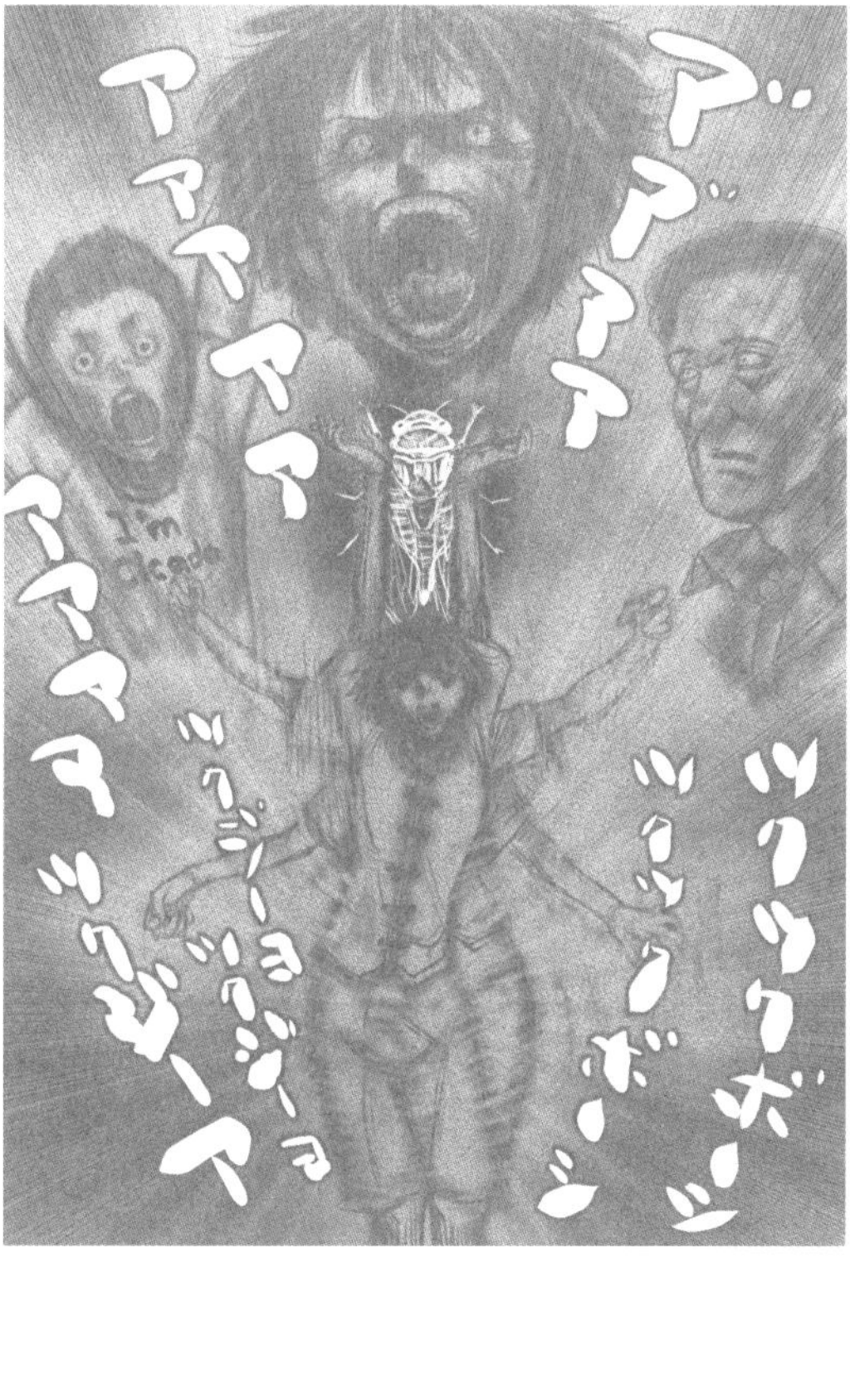

私は相手を見つめながらゆっくりと上げていた両腕を下ろした。

ハリウッド映画で敵に銃口を向けられ、警戒しながら武器を置く主人公のような緊張感であった。

私はこの状況を少しでも緩和しようと
「夏の終わりの風を感じますね」

と、儚げにおじさんに語りかけた。

実際感じているのは夏の終わりの風などではなく私の終わりであるが、ここは気を確かに持たなければならない。

先程までツクツクボウシに合わせ左右に揺れていた奴から出たとは思えぬ詩的な発言に、おじさんの顔からは普段の眉間の皺は消え、その瞳は当惑の色をみせた。


何かせめてもう一言、気の利いた事でも言おうと口を開こうとしたところ、再びツクツクボウシが鳴き出した。

瞬間、音に反応し若干腰が振れてしまった。

鳴き出す度に瞬時に立ち上がり腰を振り続けていた後遺症が出てしまったのだろう。

不気味な隣人としてのその存在を知らしめてしまった。

もしツクツクボウシが突如この動きで鳴き出せば、全国の虫捕り少年は悲鳴を上げる事だろう。

「では、立て込んでおりますので」と、角が立たぬよう定型文のような挨拶を放ち退場したが、冷静に考えれば蝉声に合わせ揺れている者が何に立て込んでいるというのだろうか。

左右に腰を振る事に情熱を傾ける蝉寄りの存在と思われていないかが不安である。

引っ越してから今まで作り上げてきた私の慎ましいイメージは、この夏崩れ去った。

しかし、隣人とはいえ、そんなに顔を合わせる機会がない事が唯一の救いであった。


次の日、回覧板が回ってきた。

運命とは時に無慈悲である。早速お隣と顔を合わせる日が来てしまった。

どうかおじさんが出てきませんようにと願いながらインターホンを押すと、願い虚しくおじさんが出てきた。

おじさんも、まさか昨日のツクツクボウシが回覧板を片手に玄関先に佇んでいるとは思わなかった事であろう。

反射的に虫捕り網で叩かれなかっただけでも感謝した方が良い。

すると、おじさんの後ろから小学生くらいの男児が顔を出した。

そして、彼は
「ツクツクボウシ♪」

と、言いながら腰を左右に振り始めた。

まさか……と、思いおじさんの顔を見ると、おじさんはニヤリと笑った。

「孫なんだ」

おじさんは孫にツクツクボウシの舞いを伝授していた。

その後、私はその孫と仲良くなり、網戸越しに鳴き声に合わせ共に踊り狂ったりなどした。

ある日の夕方、おじさんの家から

「ツクツクボウシはご飯の後にしなさい」

と、おばさんに叱られている声が聞こえた。

おじさんと孫、どちらが怒られていたのだろうか。

8月30日
今日もツクツクぼウシのおどりをおどりました。おじいちゃんもいっしょでした。でもおばあちゃんにごはんのあとにしなさいと言われました。

そうですか。とても楽しそう！ となり

よくある物が原因で学校全体を巻き込んだ事故が起こってしまった話

ある日の放課後、隣のクラスの友人達と遊んでいると、学校の裏で非常に汚れた上履きが発見された。

誰の物だろうかと皆で遠巻きに見ていると

「これは、過去にこの学校で亡くなった人の上履きだ」

と、霊感があると常に自己申告していた女子が言い出した。

三階のトイレに閉じ込められ、自力で出ようとして転落した時のものであると語った。

その汚れ具合が妙な迫力を醸し出し、それは非常に信憑性が高く感じられた。

友人達は恐怖し、その中でもとりわけ私は震え上がった。

何故ならその汚い上履きは私の上履きであった。

自分が死んだ事に気がついていない霊が、初めて事実を知った時の気持ちを味わってしまった。

　霊視の結果、今も私は成仏できず上履きを捜して校舎を彷徨い、学校全体に呪いを振り撒いているそうだ。

　私の上履きが汚かった為に、えらい事になってしまった。


　しかし、どうしてこんなところに上履きがあるのだろうと思っていると、明らかに隣の友人カネヤンの様子がおかしい。

　カネヤン、お前の仕業かと気がついた頃にはもう遅かった。

　カネヤンのせいで私は彷徨える霊魂である。


　怖がった他の女子が先生を呼んでこようかと言い出した。

　このままでは、腹いせに私の上履きを隠したカネヤンが怒られる未来が待ち受けている。

　すると、カネヤンは
「いや、成仏したよ」

　と、突如霊能力に目覚め始めた。

　しかし、残念ながら私は隣にいるので成仏はしていない。

　霊感少女は新人霊視師カネヤンと意見が対立したが、己の霊視見解を曲げる事なく言葉を続けた。

「私はこの上履きから許さないという強い怨念を感じている」

私もカネヤンから先生に怒られたくないという強い意志を感じている。

霊感少女は上履きの方に向かって手をかざすと、霊の姿が見えたと言った。

そして、上履きの持ち主はそこに立っていると、上履きの更に向こう側を指差した。

残念ながら人違いである。

上履きの持ち主は指の反対方向にいる私であり、指を差されたその霊も「えっ」と思った事だろう。

見知らぬ霊はカネヤンの愚行のせいで汚い上履きの持ち主とされ、不名誉極まりない思いを抱いたに違いない。

私がこの霊ならば成仏できない。

今まさに許さないという強い怨念が生まれた事だろう。


いよいよ他の女子が早く先生を呼ぼうと本格的に騒ぎ始めた。

「いや、ほら、見てよ。今まさに成仏しかけてるじゃん、俺らが見つけてあげたからだよ」

と、カネヤンは今度は霊感女子の霊視に沿い、どうしても私を成仏させたいご様子であった。

人違いで汚い上履きの持ち主とされた霊が、更に見つけてやったから成仏するはずだと恩着せがましく促されていると思うと心が痛む。

「でもこれじゃ足りない、私に任せて」

と言うと、霊感少女は給食に出た茹で卵用の塩の小袋を取り出し、私の上履きにまぶした。

「……あっ」

と、カネヤンが声を漏らした。

私の汚い上履きは塩で味付けされた。

霊感少女は何かを唱えると、怨念は消え、無事に除霊が済んだと言った。

私の怨念はカネヤンに積もるばかりであるが、とりあえずその場を後にした。

霊感少女が帰った後、カネヤンは謝罪の言葉を述べ、私の上履きを掴み走り去っていった。

翌日、見違える程美しくなった上履きが私の下駄箱に入っていた。

今でも塩の小袋を見ると、私の汚い上履きが塩まみれになった事によって何故か成仏した霊について思いを馳せる。

私の もっと キレイ…

男が玄関に入ってきて悲鳴を上げた話

家を引っ越した当初、まだエアコンを設置していない寒い部屋で私と母は凍えていた。

なんとか耳だけはいつもの防寒対策で暖かくできたが部屋自体は寒く、電気ストーブなどで寒さを凌ごうともしたがどうにもならず、終いには暖をとる為当時飼っていた犬の取り合いにまで発展した。


人間のあまりの愚かさに嫌気がさしたのか、犬は深いため息を吐くと自分の小屋に入ってしまった。何度か呼び戻そうと呼んだが、小屋からしっぽだけを出しおざなりに返事をするばかりで出てくる事はなかった。

愛犬に見捨てられてしまった……と、悲しみに暮れた私達は
「各々自分の部屋で毛布に包《くる》まろう」

と、リビングで解散し、足取り重く自室へ向かった。

毛布に包《くる》まり、うつらうつらしているとインターホンの音で目が覚め、数秒後に短い悲鳴

が聞こえた。

まさかとは思ったが万が一の為に木刀を持って急いで下へ降りた。

すると、凄い形相の男が玄関に立っていた。


母がこちらへゆっくりと振り返った。

母は目と鼻と口が出るタイプの覆面を被っていたままであった。

寒さ対策に目出し帽を被っていたのだが、そんな事などすっかり忘れ、そのまま玄関のドアを開けてしまった様であった。


男は私の方に気がつくと、再び声を上げた。

そう、私も被っていたのだ、同じ理由で同じタイプの覆面を。

しかも、手に脇差サイズの木刀を持っている。

これを異様な光景と言わずして何が異様と言えよう。

不幸な事に私も母同様に覆面がしっかりと皮膚に馴染み、己の姿を自覚していなかった。

ドアを開けた瞬間に薄暗い玄関に現れた覆面だけでも不気味であるのに、更に奥から武器を持った物騒な覆面が登場した事により、男は何らかの悪の組織のアジトに迷い込んでしまった子供のように混乱していた。

穏やかな日常が崩れる音を聴いた事だろう。

男の悲鳴に興奮したのか、犬がリビングから現れ足元でぐるぐると回りながら吠え始めた。

覆面二体と、謎の男、そして荒ぶる犬。

もはやどういう状況なのか誰にも分からぬ。


男が我々を悪の組織の一味と勘違いする前に母の覆面を外し誤解を解かねばならない。

しかし、説明しようにも至近距離で本気で吠える犬の声にかき消され上手く伝わらない。

更に母と私は自分の事は棚に上げ、互いに覆面姿である事を気づかせようと同時に喋るので尚更難航した。

母はとうとう痺れを切らし、私の覆面に手をかけ実力行使に出た。

我が家に悪役レスラーが誕生した瞬間であった。

目の前で突如行われたマスク剥ぎに、男は一体何を見せられているのだろうと思った事だろう。私が彼ならば、もう帰りたいと思っている。

何も知らない男から見ればアジトで勃発した仲間割れの現場である。


母が私の顔から剥いだ拍子に、覆面は床に落ちてしまい、それをすかさず犬が奪い振り回している。しかし、私から剥いだところで母はまだ覆面姿であり、何の解決にもならない。

無駄に私の顔が公開されただけになってしまった。

ここで正気に戻れば良いものの、自分も覆面姿であった事に気がついた私は、恥ずかしさからパニックに陥《おちい》り「早く顔を隠さなければ」と犬から覆面を取り返そうとする暴挙に出てしまった。

男の瞳には「すみませんねえ、騒がしくて」と男に語りかける覆面の母と、その背後で髪を振り乱し犬と覆面を奪い合う娘の映像が延々と流れている。

これに比べれば、インドカレー屋で流れている字幕の無いインド映画を観る方が遥かに解釈しやすい事だろう。

男は

「一回、外に出ますね……」

と、外へ出ていった。

賢明な判断だと思う。

因みに男は不動産関係者だった。

夏休みに異物混入の被害にあった話

身を守る為に確認を怠らず、この夏を過ごして頂きたい。

ある体験型講座に単身で参加した。先生が来るまで教室は殆ど私語もなく静かであった。突如「あっ」と声が聞こえ視線を向けると、真面目そうなおじさんが鼻血を流していた。周りも心配そうに視線を送り、彼は注目の的となってしまった。

私も鼻血が出やすい体質なので分かるが、皆に見られるのはなかなかに恥ずかしい。おじさんの心情を察しティッシュを渡そうとしたが切らしていた為、代わりにハンカチを差し出した。

しかし、私の手に握られていた物はハンカチではなく、母のパンツであった。母が私のハンカチ用の棚に異物混入したのだ。

こんな物を貰ってどうしろというのだ、この真面目そうなおじさんに鼻血から注目を逸らす為に頭に被れとでも言うのだろうか。

危うく鼻血滴るパンツ被りおじさんという、警官の視界の隅に入った瞬間に否応無しに包囲される存在が生まれるところであった。

私はこの期に及んで誤魔化そうと、ポケットから出した勢いそのままに自分の背後へ隠したが、その際に母のパンツは空気抵抗によりその全貌を露《あら》わにしながら舞うようにおじさんの前方を通過した。

無駄に悩ましい動きであった。

血を流すおじさんの目前で、母の綿一〇〇パーセントのパンツをはためかすという正気の沙汰ではないパフォーマンスをお届けしてしまった。

ただ親切にしたかっただけであるのに、パンツも私も空回りしている。

教室は一部不適切な映像がお送りされてしまったが為に、気まずい雰囲気に包まれた。

居《い》た堪《たま》れなくなり、ハンカチと間違えたが故に我が家のパンツがご迷惑をお掛けしたとお詫び申し上げた瞬間、おじさんは鼻血を噴射し、それを見た学生は持っていた菓子パンからチョコレートを絞《しぼ》り出し悲鳴を上げた。

悲劇の連鎖により、事態はより悪化の一途を辿った。

教室はおじさんの噴射により、残虐な現場と化した。

辺りは慌てふためき、学生は自身の菓子パンに不景気と逆行する量のチョコレートが入っていた事に狼狽《うろた》えていた。

私は母のパンツの破壊力に恐怖すら覚えた。

そこへ講師が現れたが、講師は血だらけのおじさんと机、苦しむ参加者達という悲痛な光景を目の当たりにした。一通り無事を確認した後
「毒でも撒かれたのかと思った」
と、言葉を漏らした。撒かれたのは毒ではなく母のパンツであるが私は口をつぐんだ。

数十分遅れで講座は始まった。

皆、心に私の母のパンツを抱きながら作業に励んだに違いない。

ポケットに入れた母のパンツは、私が動く度に徐々に地獄の底から這い上がるように再びその姿を現し始め、再度危機的状況に陥《おちい》った。

まだ私達を苦しめようというのだろうか。

先の絞《しぼ》り出し菓子パンの学生が教えてくれたおかげで、ようやく母のパンツを鞄にしまい退治する事ができた。

しかし、その後コンビニで財布を取り出そうとした際に、再び母のパンツは脚光を浴びる事となった。

またか……と、こちらは二度目なので慣れたものであったが、母のパンツと初対面の店員からすれば衝撃を受けた事だろう。

冷静に鞄に放り込んだが、妙に始末に慣れている様が逆に不気味だったかもしれない。

家に帰り、母に事の顛末を話すと「げっ」と、言っていた。

こちらのセリフである。

丁度隙間があったからそこにパンツを差し込んでしまったと母は語る。

隙あらば己のパンツを差し込むという習性も理解し難いが、そんな事よりも恥ずかしかった旨を伝えると、母は途中で帰ればよかったではないかと宣《のたま》った。

そんな事などしようものなら、わざわざ参加費まで払い母のパンツを振り回す為だけに現れた頭のおかしい人間となってしまう。

しかも、鼻血のおっさんは置き去りである。

母のパンツに翻弄された一日であった。

書き綴りながら思ったが、なんと恐ろしい日であろうか。

パンツの持ち主の母からしても恐ろしい日であったに違いない。
半ばトラウマと化した私は、ハンカチの代わりにタオルを使用する事となった。
父がふんどしでも巻き始めぬ限りは、このような悲劇が再び起こる事はないだろう。
どうか今一度ハンカチのご確認を願いたい。

その後、母のパンツはその勢力を拡大し、父の肌着入れにも出没した。
今も母のパンツはその縄張りを拡大している。

帰宅したら窓が割られていて
まさかと思う物が
家具から発見された話

友人と厄祓いに行く事となった。

集団を一度に祈祷する為、神主が三人がかりで名前を読み上げ、私は己の聴力の限界を試してみたくなり名前を聞き分けようと尽力していた。

しかし、途中で鼻腔が痒くなり、くしゃみの兆候が表れた。

皆が微動だにせず静かに祈祷を受けている中、くしゃみなどしようものなら大変な顰蹙《ひんしゅく》を買う事であろう。

友人に気がつかれぬよう、顔を背け顔の筋肉のみでくしゃみを抑え込もうとしていたところ、隣のオヤジが気配を察したのかこちらに顔を向けた。

ここからオヤジの厄が始まった。

オヤジの視界に凄まじい形相でくしゃみと格闘している私の顔が直撃した。

その様は厄の化身が苦悶の表情を浮かべ、今まさに祓われようとしている瞬間のようであったに違いない。

突如横に現れた具現化された厄に、オヤジは声を出してはならぬと耐えるはめとなった。

厄年半端ねぇと思った事だろう。


祈祷中である為弁解する事もできず、そのままオヤジと私の孤独な戦いが始まった。

オヤジは私という厄に耐え、私はくしゃみに耐えている。もはや祈祷どころではなかった。

その後、祈祷が終わり我々は解放された。

オヤジは疲れた顔をしていたが、私と目が合うと足早に去っていった。

私は祓われる厄の気持ちを知った。


これで今年は万全であると、明るい未来を祝して友人と明太子かけ放題という夢のような食事をする事となった。

しかし、食べ始め数分経った頃、私のスマホに着信が入った。

父が家の窓をぶち破ったという報告であった。

気合いの入った父である。

ハリウッド映画のように両腕を交差させ窓に飛び込んだのかと期待したが、どうやら箪笥《たんす》を窓から家に入れようとした際にバランスを崩し、悪役レスラーの大技の様に窓に投げ込んだらしい。
早急に帰ってきてほしいという旨であった。

私は明太子と別れを告げる事となった。

友人は着信が来たあたりで既に嫌な予感がしていたと、私との付き合いの長さから第六感を開花させていた。


帰宅し、件の部屋の襖《ふすま》を開けると、外からの吹き荒れる風に髪を乱される父が仁王立ちし、その背後の窓に箪笥《たんす》が刺さっていた。

なかなかの衝撃映像であった。

話を聞けば、中に物を入れたまま動かした為にバランスが崩れたようであったので、私は一先ず中身を出そうと箪笥《たんす》の開き戸を開けた。

すると中から瞬きをするタイプの迫力溢れる人形と、パニックに陥《おちい》ると四次元のポケットから大量のガラクタを放出する猫型ロボの頭部が転がり落ちてきた。


猫型ロボが重傷である。

一瞬呪いかと思ったが、幼き日に一緒に遊んだ物達であったので、とりあえず自室に置いた後に父と協力し箪笥《たんす》を室内へ入れた。

帰宅してものの数分でこの重労働である。

もう既に明太子が恋しい。

私は明太子と友人を置いてきた事に思いを馳せた。

翌日、私は高熱を出した。
検査をしたところインフルエンザであった。
熱にうかされる私を、枕元の開眼した人形とロボの頭部が見守っている。
インフルエンザになった事を友人に話すと
「厄祓いとは……」
と、言葉を漏らしていた。
しかし、その後は健康そのもので過ごした為、効果があったと言えよう。

猫の診察で泣きそうになった話

猫を初めての病院へ連れて行く事になった。

病院が違えば、色々とルールも違うものらしい。


前の病院は気が散らないよう必要最低限しか話しかけてはいけない雰囲気であったが、こちらの病院では先生が猫を診察している間、褒めてくださいと言うので、変わった病院だなと思いつつも言われた通りにする事にした。


「非常に聡明な顔立ちで……」

「髪型も綺麗に整っています……」

「猫に対しても非常に紳士的で……」

などと、しどろもどろ褒めていると
「……僕じゃなくて、猫ちゃんの方を……」

と、先生が震える声で訴えてきたので、ようやく己の間違いに気がついた。

しかも猫を驚かせないよう静かにゆっくりとした口調で褒めていた為、某戦場カメラマンの様な独特な口ぶりとなっていた。気を遣ったが故に何か心に迫る雰囲気が出てしまった。後《のち》の会話で判明する事だが、この時既に看護師は限界を迎えていたという。

己の間違いは凄まじく恥ずかしいが、そんな事よりも診察を誰よりも大人しく懸命に受けている猫を褒め讃えるべきであると思い、私は気を持ち直して猫に語りかけた。

「非常に聡明な顔立ちで……」

「毛並みも非常に整っています……」

「人間にも非常に紳士的で……」

私がアドリブが利かない人間である為に、先程の先生への賛辞をコピーペーストしたような褒め言葉となってしまった。恐らく先生も看護師も「同じじゃねぇか」と腹の中で思ったに違いない。この不器用さでは戦場で真っ先にカメラをかち割られる事だろう。

その空間にいる看護師達は全員視線を下に落とし、一向に私の顔を見ようとしなかった。猫すらも下を向いている。

誰とも目の合わない孤独な空間であった。「目を合わせたら全てが終わる……」とでもいうような強い意志を感じた。そんな最中《さなか》、先生が

「あの、もっと猫ちゃんに分かりやすいように短い言葉で……」

と、言うので

「良いヒゲです」

と、短い単語で褒めたが、よく考えれば先生も髭を生やしているので、もはやどちらを褒めているのかよく分からない状態となった。

全員がどことなく何かに耐えながら、小刻みに震えつつ様々な感情を抑え込んでいる。

この様に微振動する人間達に囲まれ、猫的にもさぞかしとんでもない所に来てしまったと思った事だろう。UFOに攫《さら》われた後、小刻みに震える宇宙人に囲まれるようなものである。

せめて攫《さら》った側の宇宙人は平常心でいてもらいたいと思う事だろう。

非常に辛い診察であった。

診察中の猫、突然戦場カメラマン化した飼い主、それに執拗に褒め讃えられる先生、そしてそれらを直視してしまい逃げ場のない看護師達。

猫の禿げの調子を見てもらうだけであったのに、何故このような苦行の様な事になってしまったのだろうか。

私達は不幸なすれ違いの末に、運命の悪戯という名の荒波に揉まれてしまったのだ。

先生は何故か若干泣きそうな顔をしていた。幸い猫の禿げに深刻な問題はなかった。

診察が終わり、受付で先程の看護師が
「毛の抜けたところに塗ってあげてください。ちゃんと生えてきますので……」
と、説明をしながら薬を出すと、待合室にいた常連らしきスキンヘッドのオヤジが
「おれも塗ったら元に戻るかなあ」
などと頭を摩《さす》りながら割と大きな声で言うので、看護師はもうだめであった。
先生と看護師達はこの後もこのオヤジによって恐らく苦労する事であろう。

数人に囲まれ危機を迎えた話

猫を動物病院へ連れて行く途中、近くで現在の政策に対してメッセージを送るビラを配っている人々がいた。

私にもビラを渡しに来たが、両手は猫で塞《ふさ》がっている為受け取れない旨を伝えようとしたところ、太ももから臀《でん》部《ぶ》にかけてを激しく攣《つ》ってしまった。

あまりの痛さに「うおぉ……」と、地の底から呻《うめ》くような声が漏れた。

しかも、痛くないところを探すように身体が意思とは無関係に捻《ねじ》れていく。

目の前で突如捻《ねじ》れ出した不審者に、ビラを配っていた人々は動きを止め、こちらの様子を窺《うかが》った。そして、危険だと判断が下されたのか緊張感を漂わせながら、三歩程下がり私から距離をとった。

私は不審者ではない事を伝えようと口を開いた矢先、攣《つ》った箇所を緩和させようと腰を捻《ねじ》った為に反対側の脇腹も攣《つ》ってしまった。

何故、一度攣《つ》ると被害は拡大していくのだろうか。

私は左右に捻《ねじ》れ現代アートのような立ち姿となり、痛みが去るのをただ静かに待つ事しかできなかった。

政治運動の集団に囲まれ、険しい表情で体を捻《ねじ》り猫を掲げる様はまるで団体の理念を象徴するかのようなポーズとなり、此処に「猫を掲げる悪政に苦しむ市民の像」が君臨した。

攣《つ》るという事は実に孤独であり、周りのビラ配りの人々も何もする事はできない。

なんとか攣《つ》りが解けてきたところで、それでは……と一言声をかけてから動物病院へ逃げるように入館すると、そこの自動ドアは透明なので受付の人に先程の悪政に苦しむ像は見られていた。覚悟はしていたがあの捻《ねじ》れてる奴、やっぱりこっちに来た……と、絶望に近い気持ちで思った事だろう。

事情を説明したところ追い返される事なく笑顔で受け入れてくれたが、顔の筋肉だけで笑っているのが窺《うかが》え、受付の仕事の大変さを知った。

そして、もし此処が街中ではなく彫刻の森ならば多少捻《ねじ》れたくらいではここまで悪目立ちはしなかっただろうと思いを馳せた。

診察の準備が整い名前が呼ばれたので、猫を抱え椅子から立とうとした矢先、またもや悲劇が私を襲い「猫を抱えた医療費に苦しむ市民の像」が君臨してしまった。

「円盤投げ」の彫像をご存じだろうか。

円盤が猫になり、片手ではなく両手で持っているところを想像して頂きたい。

本日二作目である。


いつまでも入室しない事を不審に思ったのか先生が扉を開けた為、先生と看護師達はその像を正面から鑑賞する羽目になった。

開いたと思った扉は瞬く間に閉められた。

あまりの光景に心の準備が必要だったと後《のち》に先生は語る。

数秒後、気持ちに整理がついたのか扉は再び開かれたが、そこには先程まで捻《ねじ》れていた者が何事も無かったかのように真顔で立っていた為、それがまた何かに触れたのか先生は謝りながら再び扉を閉めた。

どうか、失礼だと怒らないでやってほしい。

この場面だけ切り取ると非常に変な先生に見えるが、普段は普通である。

部屋の襖《ふすま》を開いたら機織《はたお》りをしている大型の鳥類がおり、驚いて閉め再び開けたところ今度は真顔の人間が至近距離で立っていたら大抵の者はとりあえず再び襖《ふすま》に手を掛ける事だろう。

因みに、キャリーバッグは肩がけもしたうえで持っているので猫が地面に落下する心配はない。しかし、猫にとっては良い迷惑だった事だろう。

よく捻《ねじ》れる飼い主を持てば猫も苦労をする。

こんな事があったものの、ここの病院には今もお世話になっている。

この受付の人は、私が急遽ノミダニ予防の薬を買おうと思い立った為に手持ちが底をつきそうになった際に

「大丈夫ですか？ なけなしになって」

と、心配してくれる心優しい人である。

このご時世「なけなし」を心配される事があるだろうか。

途中身包《みぐる》み剥がされる事もなく、私は無事に猫と共に帰宅した。

電車で突然怒鳴り出した男性に絡まれて危ない目にあった話

電車に乗っていると近くのオヤジが一人で喋り声を荒らげ始めた。

昼間から気合いの入ったオヤジだなと思っていると、オヤジは反対側を向いていたというのに突如ノールックから振り向き様にこちらをロックオンした。

「お前もそう思うよな⁉」

などと、果てしなく賛同しづらい内容と焼酎を片手に同意を求めてきた。

他にも数名いるというのに、何故私を選んだのだろうか。村の生贄の次くらいに嫌な選抜に選ばれてしまった。

さりげなく話題を逸らそうと試みたが、オヤジが手にしている焼酎から酒のツマミが連想された結果
「普段は枝豆、特別な日にはそら豆を頂きます」

と、訳の分からぬ宣言をし、言葉のキャッチボールどころか砲丸投げと化した。

車両にオヤジとはまた別の戦慄が走った。

その時の乗客達の目は、私の姉が人生で初めて万博の太陽を象徴する塔を見た時の目に似ていた。

オマエもそう思うよなぁ
普段は枝豆、特別な日はそら豆を頂きます

何とか乗り切ったかのように思われたが、オヤジはその後も語りかけてきたので事態はより深刻なものとなった。

「あの馬鹿野郎、どうしてやろうか！」

「そら豆は茹でて頂きます」

「痛い目にあえばいいんだ、そうだろ？」

「そら豆は食べすぎると胃痛を招きます」

と、互いに一方的に話し、その会話は交わる事はなかった。

私はあまりにも「そら豆は」と連呼した為、私の一人称が「そら豆」になった感覚に陥《おちい》った。

何故オヤジは私に己のポリシーを語り、私はオヤジにそら豆についてを語っているのだろうか。

己の不器用さが祟り、電車内に意思の疎通の難しそうな人間が二人となってしまった。


車両に妙な空気が流れた。

小さめの太陽の例の塔が電車に乗り込んできたら、これと似た雰囲気となる事だろう。

乗客達は先程から皆スマホを見つめながら、口を固く結び、肩を揺らしている。

私は、早く帰ってそら豆を頂きたい、今日は特別なツマミを酒に添えたい……と、現実逃避をした。

痛い目にあえばいいんだ、そうだろ?
そら豆は〜

オヤジはこちらの返事の内容はどうでも良いらしく、良いタイミングで口から音を発すれば満足しているようであった。

しかしながら、「あの馬鹿野郎が」と繰り返されていたフレーズが、いつしか「あの豆粒野郎が」へと変貌を遂げていた為、オヤジの潜在意識に私のそら豆が影響を及ぼしたようであった。

私は初めてこのオヤジと心の奥底で通じ合った事に感動を覚えた。


乗客達の振動は増し、限界を迎えようとしていた。

ここで誰かが噴き出せば、オヤジの怒りが豆から人間へと移行してしまうかもしれない。

しかし、オヤジの潜在そら豆はその暴走を止める事はなかった。

オヤジが頻繁に豆粒野郎とやらを車両に登場させる為、皆に危機が訪れている。

豆粒野郎などという素性の知れぬ存在が、このような危機をもたらすとは誰も夢にも思わなかった事だろう。


私はせめて真面目な返事をしようと頭の中の引き出しを開けた。

しかし、出てきたのは「この時期はスーパーにそら豆は売っていないかもしれない」という絶望する閃きだけであった。

こういう時の為に日頃から教養を高めておく事は必要である。

オヤジが話しかけてきたタイミングで私は
「そら豆　旬　いつ」
と、オヤジの返事に擬態しSiriに検索をかけた。
しかしオヤジの「そう思うだろ⁉」の声を拾ってしまったのか
「聞き取れませんでした。もう一度言って頂けますか」
などと、Siriがオヤジを煽り始めた。

乗客は数名限界の先へと突入した。

そう思うだろ？
聞き取れませんでした。
もう一度
言って
頂けますか

友人の家に泊まり目が覚めたら身動きが取れない状態で耳を疑う事を言われた話

傷心した友人を家に泊める事となった。

その日はもう夜も遅かったので友人にベッドを使ってもらい、私はそのすぐ横で床に布団を敷いて眠る事にした。


その日の明け方、私は金縛りにあった。

必死に目を開こうとしたが、瞼《まぶた》は思うように動かず指先すら反応を示さなかった。

万が一にも霊が来宅していたら恐ろしいと思い、念の為経でも唱えようかと思われたが、それこそ雰囲気が出てしまい恐怖に飲み込まれてしまう恐れがあった。

己を奮い立たせるべく私は何か歌う事にした。なるべく厳《おごそ》かな、できれば霊であってもうっかり成仏したくなるようなものが良いと思い必死に選曲した結果、前述の全てを満たす「千の風になって」が私の脳内検索でヒットした。

我が家に現れたからには霊には風になって頂く、その決意で歌った。

私が決死の覚悟で金縛りと抗っているその最中《さなか》、友人は目を覚ました。

温度変化で家鳴《やなり》が響く中、外からは叫び声に似た鳥の鳴き声が響いていた。

私は歌い出しの「私の墓前で泣かないでほしい」という旨のパートを歌っているつもりであった。

しかし、実際は声が掠れているうえに所々途切れ
「私の……ぉ墓……ない……」

と、何かの拍子に墓石を破壊された霊のようになっていたらしく、友人は大変恐怖した。

この部屋に住まう唯一の癒しの猫は、窓の外を見ており友人に背を向けていた。

友人が心細さから猫を呼ぶと、猫はゆっくりと振り向き
「オトゥサァン」

と、鳴いた。

唯一の癒しが恐怖の対象に変わった瞬間であった。

確かに私もこの鳴き方を初めて聞いた時は正直肝を冷やした。

恐怖が限界に達した友人は床に寝ている私を起こそうとした。

しかし、その不気味な声の発生源に至っては霊などではなく私である。

友人の目には何かをぼそぼそと口ずさみ、薄目を開け白目を覗かせる私の姿が映った。

金縛り中に無理に目を開けようと試みた事が裏目に出てしまった。

傷心したうえに何故恐怖まで植えつけられねばならないのか。その時友人は己の置かれた境遇を嘆いたという。

慰める為に家に呼んだというのに、猫までもが加担し友人を追い詰める形となった。

友人は恐怖に駆られ、私に枕を投げつけた。顔面に直撃したところで、ようやく私の金縛りは解けた。

友人は二度と私の家には泊まらないと宣言した。

恐怖が失恋を打ち破った瞬間を私と猫は見た。

猫は今でもたまに「オトゥサァン」と鳴く。

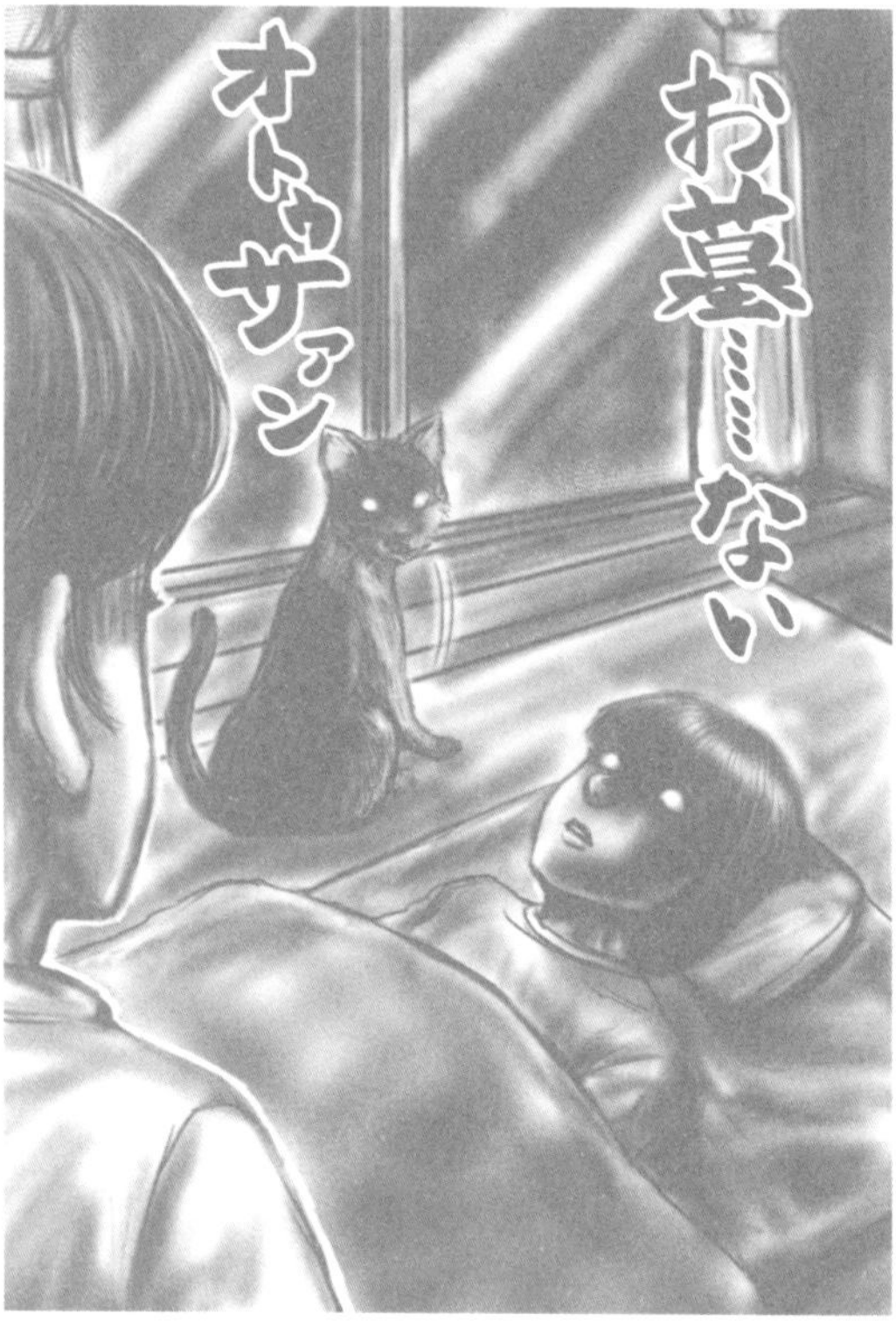
お墓……ない
オトゥサァン

誤情報によって今も深刻な影響が自身に及ぼされている話

小学生の頃、授業で昔話の金太郎の話になった。

物語を知らぬ生徒がいた為、先生が話を知っている者に手を挙げさせ、指された私が説明をする事となった。

私が金太郎の物語を知ったのは幼児の時であり、当時姉が寝物語に話してくれた事を思い出しながら私は口を開いた。


昔、力自慢の金太郎という男児がいた。

金太郎はペットの熊と共に祖父から受け継いだ斧を片手に、近隣を脅かしていたゴリラと対決したが戦いに敗れその命を落とした。

「金太郎は散りました」

姉の語り口が妙に詩的な表現であったのが印象的であった。

その後、ゴリラは金太郎から奪った斧を悪用し暴れ始めた。

ただでも強いゴリラが斧を慣れた手つきで振り回すのならば、もう誰にもゴリラを止める事などできぬだろう。

更なる脅威と化したゴリラによる恐怖の時間が始まった。

ペットの熊は金太郎の敗北をすぐさま村人達に報告しに行った。

近隣住民は直ちに避難を開始した方が良い。

その際に姉は
「ゴリラは今もあなたを狙っています」

などと無駄に脅してきたので、幼き日の私は暫くゴリラの幻影に怯える事となった。


このゴリラは力を持つと暴走するタイプのようであり、その後近隣の村を襲い始めた。

恐れていた事がついに現実となってしまった。

逃げる途中に躓《つまず》いた村人にゴリラが斧を振りかざし、もう終わりかと思われたその時、金太郎の残留思念が千歳飴に乗り移り、村人を庇《かば》うようにゴリラの前に立ちはだかった。

棒状の飴がどのようにして移動したのか非常に気になるところではあったが、万が一に地を這う様にうねり動いているのならば非常に不気味な光景である為、その件については深く触れぬようにした。世の中には浮き彫りにしない方が良い事もあるという事を、私は金太郎の話を通して知った。

しかし、蠢《うごめ》く不気味な飴に一体何ができるというのだろうか。

無慈悲なゴリラは斧を振り下ろし、飴は真っ二つとなった。

この村はもう終わりだ、村人達は絶望した。

しかし、どこからか金太郎の猛々しい高笑いが響いた。

飴の切り口から金太郎の顔が現れたのだ。

気味悪がったゴリラが飴を刻めば刻むほどに断面は増え、それと同時に金太郎の顔は増殖し、何重にも折り重なるその笑い声が村に響き渡った。

更には混乱し飴以外の木などを切りつけると、その断面からも金太郎の顔が現れるという急なホラー展開がゴリラを襲った。

何故高笑いをする必要があったのだろうか。ゴリラの悪夢の始まりを垣間見てしまった。

余程不気味だったのだろう、ゴリラは謝罪し斧を返還した。

危うく話を聞いていた私もゴリラもノイローゼになるところであった。

このままこの斧を持ち、金太郎の呪いにより全ての切り口から高笑いをする金太郎の顔が出てくる事を思えば適切な判断であった。

しかし、そのような不気味な斧を返されたところでどうしたらよいのか村人達も今後の斧の扱いに頭を悩まされる事だろう。

このようにして、ゴリラを筆頭に村人達や私のトラウマと引き換えに村は救われた。

これが後《のち》の金太郎飴である。


これを寝物語に聞かされた当時の私の目が冴え渡った事は言うまでもない。

説明を求められ話し終えた際の先生の第一声は
「金太郎、序盤に散るんだ……」
であった。
そこで初めて姉の大罪が公となった。
今も何が真実か分からない為、童話を迂闊に口にできない身体となってしまった。
因みに姉の話では、かぐや姫は一度月を爆破している。

思いがけない事が近所でのトラブルに発展し追い詰められた話

地域のイベントに向けて、観光地によくある顔をはめて写真を撮る看板を造る事となった。

夕方、道に面しているガレージで板に下地の色を塗る前に穴の大きさの点検をするよう頼まれた。

子供達の安全を考慮し、小さめの穴にするはずが、微妙に大きい楕円の穴ができていた。

そこに顔を入れた事が悲劇の始まりであった。


顔が抜けなくなってしまった。

私の風貌は即席のぬりかべと化した。

更に、追い討ちをかけるかのように何者かの足音が右方向より聞こえた。

私の人間としての尊厳の危機が一歩一歩と近づいてきている。

私は手足を隠し、静かに板に擬態した。

横目で様子を窺《うかが》うと、足音の主は隣家の大人しい男子中学生であった。

彼は途中までは通り過ぎたものの、私の視線と何か異様な雰囲気を察知したのか突如こちらを向いた。

その瞬間、男子中学生と、人の顔の付いている不気味な板の視線が合わさってしまった。

しかし、今なら多少無理をしてでも顔を引き抜き「こんにちは」などと挨拶を交わせば、ＤＩＹに勤しむ隣の人という事で済むかもしれない。

男子中学生と目が合ったままではあるが、私は意を決し顔を引き抜こうとした。

しかし、無理に抜こうとした為、顔中の全ての肉が顔の中心に集結し、その様を見せつけるという悲劇の連鎖が起きた。

不気味な威嚇のようになってしまった。

視覚的には、今や「無表情のぬりかべ」より「何らかの悪事を働き板に封印された力士」に近い。

しかも、肉が寄った事により言葉も埋もれ、私の口からは「こんにちは」の成《な》れの果《は》ての「ごんち……」

という、不気味な鳴き声まで発せられた。

夏の定番映画の森の主と出会う幼女がいれば、私は間違いなく
「あなた、ごんちっていうのね」

などと言われ、今後「ごんち」と呼ばれ続ける事だろう。

ただ子供の安全を守りたかっただけであるのに、今や近所の子供を威嚇する不気味な存在「ごんち」と成《な》り果《は》てている。

もはや「隣のＤＩＹに勤しむ人」に持っていく事は不可能であった。

誤魔化そうとすればするほどに「となりのごんち」が加速している。

私は初めて彼の表情が崩れるのを目撃した。
彼は散々腹を抱えて呼吸を乱した後、どうしたのかと訊ねてきた。
本当にどうしたのだろう、自分でもよく分からない。
その時私のポケットから着信音が響いた。

取り出そうとしたがポケットが狭いうえ、板が邪魔をし難航した。

結果、ｉＰｈｏｎｅの軽快な着信音と共に、四角い身体を左右に揺さぶる形となり、日本に生息していないタイプの鳥の求愛の動きのようになってしまった。

男子中学生は再起不能となった。

受験勉強の合間にコンビニへ行っただけであるのに、近所でこのようなトラブルに見舞われるとは思わなかった事だろう。

しかし、人は不思議なもので片方が取り乱すともう片方は冷静になるものである。

私は瀕死の中学生を尻目に、インターホンを押し、母に洗剤を持ってきてもらう事にした。

滑りを良くして取ろうと思い付いたのだ。


インターホンを押すと、母が出てきた。

母の目には、場に似合わぬ軽快な音楽をBGMに携え、四角いフォルムとなった変わり果てた我が子と、表札の壁に寄りかかりやっとの事で立っている中学生の姿が映った。

視覚から得る情報量が多すぎる。

場慣れしている母といえども数秒停止していた。

立ちすくむ三人を夕日が照らす中、着信音だけがいつまでも鳴り響いていた。

?
洗剤
下サイ

不審者に手を掴まれた話

子供の頃、道を歩いていると知らない人に急に強く手を引っ張られた。

これが事件に巻き込まれた初の瞬間だった。

私は混乱しつつも防犯教室の事を思い出した。

「大きな声を出す事、とにかく動く事」

その二つが脳裏を過《よぎ》った瞬間、何故か反射的に今まで親に怒られてもやり続けていたフクロテナガザルの真似が出た。

知らない方は、もし良かったら「フクロテナガザル　鳴き声」を検索した後にこの先を読んで頂きたい。簡単に説明するとおっさんの叫び声のような鳴き声をする猿である。

数秒止まった後に、私は
「あーーーーー!!」

と、叫んでいた。

いつもの癖で「あーーーー!!」の後に「んぽんぽんぽ」もついでに出てしまい、正直「んぽんぽんぽ」はいらなかったと思うが、急におっさんの叫び声と奇妙な鳴き声を発しだした子供に男は酷く衝撃を受けた顔をしていた。まるで被害者の顔である。

更に記憶を巡らせると「火事だと叫ぶ」が頭の引き出しから出てきた。

私の理想の中では「火事だーー!!」と、しっかりと叫んでいたが実際は

「かびばーーー!!」

と、思い切り噛んでしまった。

頭の引き出しにしまっている間に奥に挟まり、ぐちゃぐちゃになってしまったようだ。

「あーーーーーー!! んぽんぽんぽ……かびばーーー!!」

という鳴き声の、情緒の狂った生命体がこの星に生まれ落ちてしまった。

しかも、この真似をする時は図らずも鼻と口の間が伸びる為、今だけは確実に人間よりも妖怪に近いと言えよう。パニックとは恐ろしいものである。

今考えると「んぽんぽんぽ」の静けさからの再びの発狂具合がなかなか不気味であったに違いない。

男も得体の知れぬ生き物の縄張りにうっかりと足を踏み入れてしまい、威嚇された気持ち

になった事だろう。

森の中なら私はとっくにマタギに撃たれている。

男は恐怖からか、この時点で既に牛乳滴る生乾きの雑巾を触ってしまった時のように脊髄反射で手を離していた。


しかし、混乱している私はこれでは「火事」が伝わらないと思い、情報を付け足すべく「燃えている」と言おうとしたが
「燃えてきたーーー!!」

と、己の高ぶりを抑えられぬ人のようになってしまった。

時代が江戸ならば間違いなく退治されていた事だろう。その辺に野放しにするにはあまりに不安すぎる。

男は心底恐ろしい物を見た顔をして後ずさりした後、去っていった。

背を向けたら襲われると思ったのかもしれない。

野生の猿に相対した時の対処法と同じなので、合っているといえば合っているが、果たしてフクロテナガザルと認識してくれたかは定かではない。

ふと、冷静に男が去った後を見ると、三百円程しか入っていない私の財布が落ちていた。

まさか……あの男はこれを教えようとして……と、血の気が引いた。

自分の為に栗などを差し入れていたごんぎつねを射撃してしまった兵十の気持ちと酷似している。

真相は分からないが、もしかしたら罪のない者を全力で威嚇してしまったかもしれない。

しかし、やはり兵十も威嚇射撃に留めるべきであったのではないだろうか。

私は男を撃っていないので、同一化されるのはいただけないと無駄に心の中で差別化を図り平静を保った。

親切にしては乱暴な掴み方であったが、万が一に不器用な親切な方だったら申し訳ない。

もし、子供がフクロテナガザルの真似をしていたら、今後防犯に役立つ可能性があるので、どうか温かく見守ってやってほしい。

因みに、久々に洗面所で「んぽんぽんぽ……」と声を発したところ腕が落ちていた。

これはいけないと必死に練習していたところ、母と猫が不審な眼差しを向け洗面所に現れた。近くで聴いて記憶が蘇ったのか

「あーーーー!! はやめなさいよ」

と、注意してゾロゾロと去っていった。

今必死に感覚を取り戻している最中である。

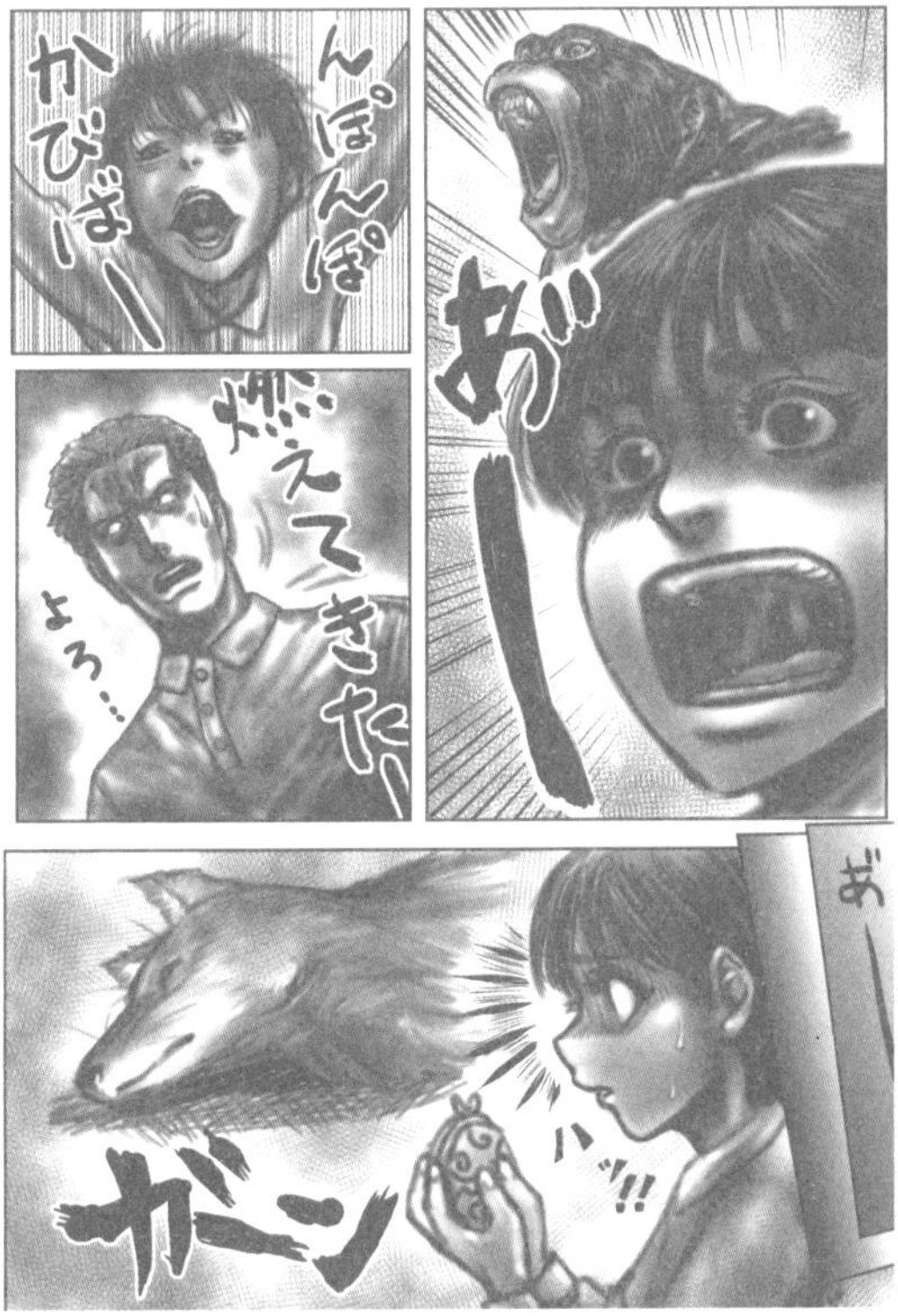
あ゛ー
んぽんぽ
かびばー
燃えてきた
よろ…
あ
ハッ!!
ガーン

夜道の一人歩きで背後から変質者に声をかけられ背筋が凍った話

夜に近所に住んでいる友人ヒバゴンとの待ち合わせ場所に向かっていた。

すると前方に見覚えのあるアフロが歩いていた。


どうやら丁度ヒバゴンも同じ道を使っていたようであった。

私は彼を驚かそうとTシャツを頭にかけ、首が消失したフォルムで激しく上体を左右に揺らしながらヒバゴンの名を連呼し近づいた。

距離が、一メートルを切ったあたりでようやく私の呼び声に反応し振り向いたが、そのアフロはヒバゴンではなく別のアフロであった。

ヒバゴンだと信じてやまなかった私は完全に思考停止し
「ヒバゴン……」

と、現実が受け入れられず尚もヒバゴンの名を発した。

ポケ○ンの鳴き声が己の名称を口ずさむように、私の鳴き声も「ヒバゴン」だと思われたかもしれない。

しかし、決してポケ○ンのノリで無闇に草むらなどに佇んでいてはほしくないタイプである。近隣に現れたら集団下校を余儀なくされる事だろう。

しかも、私はその日「I AM LEGEND」という謎のTシャツを着ていた。

己の身にレジェンドと刻んだ明らかに伝説ではない悲しきモンスターが、今男の前で蠢《うごめ》いている。


互いに言葉を失い、我々の間には私の荒い息遣いだけが響いた。

このままでは立派な変質者となってしまう。相手が特徴的な髪形をしている故、他のアフロと間違えたなどと伝えても信じてもらえるだろうか。

どうにか挽回を図ろうと頭をフル回転させていると、背後から声をかけられた。

真のヒバゴンの登場である。

こんなにもヒバゴンに会えて嬉しかった事がかつてあっただろうか。

これで事情を話せば人違いをしたと信じてもらえると安堵した。

アフロ二人に挟まれるという珍しい体験をしながらも、私は満面の笑みでヒバゴンと間違えてしまった旨を彼に説明しようとしたが
「こちらが、ヒバゴンです」

と、三分のクッキング番組の下準備が短縮された食材のようになってしまった。

ヒバゴンのアフロの方がボリュームがあった為、冷蔵庫でよく寝かせたヒバゴン感が出ている。

醗酵前と醗酵後のヒバゴンが相見《あいまみ》えてしまった。

ヒバゴンは私が人違いした彼を私の友人だと思い込んだのか、あろう事かTシャツを頭にかけ私と同じフォルムになり

「ヒバゴンです」

と、自己紹介を始めた。

より不気味な事になってしまった。

まさか目の前で増殖するとは男も思わなかった事だろう。

このままでは俺も同じフォルムにされるという恐怖が男に過《よぎ》った事だろう。


様子がおかしい事にようやく気がついたヒバゴンは
「あれ？ 友達じゃないの？」

と、訊いてきた。

知らない人だと答えると、何故コイツは初対面の男にこのような不気味な挨拶をしているのだろうかという顔をした。

全くもってその通りであるのだが、今まさにヒバゴン自身も同じフォルムであり、その不気味な状況に一役買っている事を自覚して頂きたい。

長い沈黙の後《のち》
「すみませんでした……」

「いえ……」

と、何とか互いに言葉を絞《しぼ》り出した。

どうしようもなく気まずくなった我々は、未来を信じる若者がそれぞれの道へ進むように三方向に散り解散をした。

せめてヒバゴンとは待ち合わせをしているのだから同じ方向へ散るべきであったが、その時の精神状態ではとても思い付けず、結局一度解散して再び合流する事になり、無駄に二度手間となった。

皆を撮影したら恐ろしい物が写り集団パニックを経験した話

あの時の事に至っては「呪い」などというものではなく、誰にでも起こりうる事だと思う。

ある日、創作ダンスをする事となり、先生がダンスに自信のない者達を集め事前に特別練習をしてくれる事となった。

まずは楽しむ事が重要であり、おのおの感じるままに好きなように動けと、先生はクラシック音楽を流し、それを録画した。

我々は曲に合わせ一斉に動き出したが、表情が硬かったのか先生は皆に笑うよう指示を出した。

曲を止め、録画を皆で確認する事となった。再生ボタンを押すと、そこには無表情で揺れ動く不気味な集団が映し出された。

地獄のかまど付近で鰹節をばら撒いたら、このような動きを見せる事だろう。テンポの緩やかな曲であったが故、我々の動きも妙に遅い事が見る者の不安を煽り、その不気味さに拍車をかけていた。

確実に渋谷のクラブなどには現れてほしくはない集団である。

感想を求められたのでその旨を伝えると、共に踊った仲間達は腹を抱え苦しみだした。先生は声を震わせながらも、もっと何をイメージして動いたかなどないのかと訊いてきたので、音楽に身を任せて踊ったので特にコンセプトはないが、今見ると蜘蛛の糸に縋《すが》る地獄の罪人のようだと答えた。

先生は耐えていた。

何故、己の受け持つ生徒達は、音楽に身を任せると地獄で罰を受ける霊魂となってしまうのだろうか。しかし、ここで耐えきれず映像を観ては腹を抱えて転げ回る生徒達の仲間入りをしてしまったら、一体誰が彼らをこの地獄から救えるというのだ。

ふと、誰かが画面を指さした。

そこには、頭の良い橋本君がひっそりと画面の端で左右に揺れ動いている様が映っていた。

それは春風にそよぐ花のような動きであった。

地獄に咲いた一輪の花のようですね、と呟くと先生の顔はどんどん紅潮していった。

先生の優しさに限界が訪れようとしている。

すると、次の瞬間、画面の橋本君は手を合わせヒラヒラとそれを上空に羽ばたかせた。

これは……と、橋本君に問うと
「成虫になり羽ばたく蝶です」

と、真顔で答えた。


蜘蛛の糸が垂れる中、橋本君は蝶になった。

こんなところで羽化を迎えては危険だと思ったが、蜘蛛の糸に絡まったのは橋本君ではなく先生であった。

真面目な橋本君から放たれた全てが、先生を娑婆《しゃば》から地獄へ突き落としていったのだ。

なんと恐ろしい男であろうか。


先生が半泣きになりながらも何とか持ち直すと、映像から先生の声が流れた。

「表情が硬い、もっとにこやかに」

その瞬間、画面の中に不気味にニヤつく集団が現れた。

その様は高熱にうかされている時に見る悪夢に近い。

過去の己の業の深い発言により、先生は再び地獄を見た。

先生は謝りながら、膝から崩れ落ち、湧き上がる感情を爆発させた。

我々は既に転げ回っているが、何故か先生につられて謝り出す者も現れ、皆の情緒と震える腹筋は既に限界を迎えている。

まるで、何かに取り憑かれた集団のようであった。

もしこの場を僧侶が通れば、気の毒な顔をし経を唱えられていたに違いない。

有難う……と、言いながら天に昇っていく我々の姿を想像し、私は非常に苦しい思いをした。

危機的状況であるが、先程のダンスと絵面的には今もあまり変わらない様であった為、こちらを創作ダンスとして出しても違いは分からない事だろう。

皆、何となくダンスが好きになった。

しかし、いたずらに時間は過ぎ、ダンスの技術については何も得る事はなく、その日は恐怖映像だけを生み出し終わった。

確認を怠った結果背後の存在に気がつかず悲惨な事態を招いた話

私は巨大な猫のいるBARで短期のアルバイトをしていた。

ビール瓶が本来の置き場と異なった所にあった為、一気に運ぼうと両手の指にはめたところ何本か抜けなくなってしまった。

洗剤を使い引き抜こうとカウンターの洗い場へ向かったが、客席の方で店長が客と何やら言い争っていた。

開店直後の為に他に客はおらず、私は店長の背後にあるカウンターの洗い場へなるべく目立たぬよう腰を屈めて移動した。

しかし、店長からは見えないものの、客からその姿は丸見えであった。

客はビール瓶を両手の指に二〜三本ずつはめた挙動の怪しい奴が、中腰で徐々に距離を縮めてくる様を目撃した。

「おい、何だよあれ」
という客の独り言にも似た疑問の声に対し、店長が背後の確認を怠り
「うちの猫ですね」
と答えた為に、明らかに猫ではない不審者を猫と言い張る不気味な店長と化した。

当店の巨大な猫の事を言われていると勘違いしたのだろう。
しかし、今背後に忍び寄る私の形状は猫よりも遥かにチュパカブラに近い。
一体どこの世界線の猫なのだろうか。
猫とは何であったかと認知の歪む事態となった。

客は一瞬喉から変な音を発したが気を取り直し
「昨夜来た時にも思ったが、従業員の態度もなっていない。ふざけている」
と、言葉を続けた。それに対し店長は
「そんな事はないです。うちの従業員は皆よくやってくれています。悪く言わないで頂きたい」
と言い返していたが、現状すぐ後ろにチュパカブラと化している従業員がいる為、説得力は皆無であった。

私は洗剤を何とか出そうとしたが、いかんせん指がビール瓶な為に苦戦を強いられた。

店長はようやくここで物音に気がつきこちらに顔を向けたが、私は洗面台に手を隠し無表情を貫いたのでこの惨状の発覚を免れた。

客は非常に何か言いたげな顔をしていた。

だが私も店長に怒られたくはない。このまま隠し通す所存である。

店長が再び客との問答に戻ったのを確認し、私は洗剤を出す作業に戻った。

しかし作業はやはり難航し半ばヤケになり、とりあえず少しでも出ろと何度も容器を両手で押した結果、客は先程のチュパカブラから細かいシャボン玉が発生しているのを目の当たりにした。

大変こちらに気が散っている様であった。

私はこうなれば存分にシャボン玉を出す事によって滑りを得ようとした。

しかし、シャボン玉も思ったようには出ず、どうしたものかと顔を近づけた為に目に洗剤が飛んだ。

客は静かに悶絶する私を見て
「おい、まずはアレを何とかしてやってくれ、集中できない」

と、店長を促した。

店長は先程まで涼しい顔をして皿を洗っていると思っていた従業員が、少し目を離した隙に指にビール瓶をはめ、シャボン玉に襲われ窮地《きゅうち》に立たされている事に驚いていた。

「いつからこんな事に……？」

と、言うので
「店長が私の事を猫と言い張った頃くらいからです」

と、答えると、無理をしてしかめ面を保っていた客の表情筋は限界を迎えた。

従業員達は皆一所懸命に働いているが、約一名妙な奴がいると認めざるを得なかった。

しかし、意外と危機的状況であった為、客も含め私の指の救出作業は進められた。

指が抜けた頃には妙な連帯感が生まれ店長と客の戦いは幕を閉じたが、今度は私が店長に叱られ、逆に客に庇《かば》われた。

近所の店員に無実の罪をきせられ苦しんだ話

冬に知人の焼き鳥屋を手伝う事になった。

焼かれていく焼き鳥串を見つめていると、突如現れた謎のオヤジが「いつもの」と注文をしてきた。

私はいつもいない為「いつもの」が分からず訊き返すと、オヤジは不愉快そうに
「え？　俺の事知らないの？」

などと宣《のたま》った。初日だから知る由もないが、「テレビの有名人の名前すら知識に乏しく『ちょっ、待てよ』で有名な人がいる例の国民的アイドルですら怪しいものですので」と伝えると、オヤジはその五人は俺でも知っているのに……と衝撃を受けていた。

「そんな私がおじさんの事を知っていたらちょっと不気味ですよね……」

とオヤジに語りかけると、確かに知っていたら気持ちが悪いと思ったのか、その後オヤジ

の勢いは収束した。

後ろで皿を洗っている年配女性が何かを誤魔化すように咳を連発しているのが背後から聞こえた。


そもそも私は手伝いに来ただけであり、ここら辺の住民ではないと伝えると、オヤジがどこから来たのかと訪ねてきた。

個人情報なので角が立たぬよう濁して伝えようとした結果
「消防署の方から来ました」

と、消火器を売りつける謳《うた》い文句の様になり、角は立たなかったが詐欺の疑いが立った。

皿洗いの女性は水を止めると、静かに下を向き、精神を整えようとしていた。


オヤジは私に自分の名を告げ覚える様にと言うと、消火器を売りつけられるかもしれぬ恐怖からか注文を忘れそのまま去っていった。

一体あのオヤジは何をしに来たのだろうか。

結局「いつもの」の正体については分からなかったので、洗い場の女性に訊ねたが、彼女は己の精神を統一する事に集中し、それどころではなさそうであった。


少しすると、オヤジは「いつもの」とやらを買い忘れた事に気がつき戻ってきた。

消防署の方から
来ました☆

オヤジは無事注文の記憶を取り戻したが、私はオヤジの名を記憶から失っていた。

犬の名ならばすぐに覚えられるが、人の名を覚えるのはどうにも昔から苦手であった。

オヤジは
「おい、俺の事覚えただろ？」

と、詰め寄ってきた。


オヤジが犬でない為に、私は本日二度目の危機を迎えた。

こうなれば先程の会話を取っ掛かりに呼ぶしかあるまい。

私はオヤジの存在と会話内容は覚えている事をアピールする為、先程のアイドルグループの名前を言おうとしたが、焼き鳥の煙に咽せながら言葉を発した事により
「先程の……マッパの方ですね」

と、なってしまった。

頭文字の「ス」もなければ、最後の「プ」の様子もおかしい。

私の滑舌がアナウンサーと対極の位置にある為、オヤジのコートの下に全裸疑惑が浮上し、艶めかしい犯罪歴を漂わせてしまった。

オヤジの口から変な音が漏れたとほぼ同時に、皿洗いの女性に二度目の苦行が訪れた。

己の声をかき消そうとしたのか水を大量に流し、洗い場の陰にその身を隠した。

ご家庭でできる新手の滝行と化していたが、水道代が気にかかるのは私の精神が俗世から離れず修行が足りていないせいであろうか。

オヤジは笑っている場合ではない、文句の一つでも言わねばならぬと思ったのだろう。

しかし、己のコートの下に真っ裸疑惑が浮上した事と、後ろで行われている洗い場の滝行がオヤジのツボを限界まで刺激していた。オヤジが懸命に震える頬を抑えつつも何か物申そうとした矢先、大量の煙を放っていた焼き鳥が炎上した。


燃え盛る炎の向こうで、煙に苦しむオヤジの顔が垣間見えた。

丁度催しの和太鼓の人々が激しく太鼓を打ち鳴らし始めた為、生贄のオヤジを火に焚《く》べているような光景になってしまった。

私は火を噴くホルモン達をただ見つめる事しかできず、洗い場の女性に
「ああ……どんどん燃えていきますね……」

と、言葉を漏らす他なかった。

洗い場の女性も一連の光景から「焼き鳥」ではなく「オヤジ」が燃えていくと脳内変換したのか、更に自分を修行の道へ追い込んでいた。

いくら注文が殺到してもホルモン系は並べて一気に焼いてはならないと、その日私は大切な事を学んだ。

この半分燃えたホルモンは、焦げを剥いで私が美味しく頂いた。

因みにオヤジの「いつもの」はホルモンであった。

そのホルモンを私が燃やし、私が食べるという非生産的な様にオヤジはあの時何を思っただろうか。

ああ……どんどん燃えていきますね
ドドーンドーン
ドドーンドドーン

近所で
あらぬ疑いをかけられ
犯人にされそうになった話

地域の音楽祭に半ば強制的に参加させられる事となった。

近所の古い公民館に我々リコーダー奏者が集められ、練習は行われた。

先生が合図を出し、椅子に座っていた我々は立ち上がりリコーダーを咥えた。

いよいよ演奏が始まるという静まり返った瞬間、隣から空気が抜けた様な鈍い音が響いた。

ベニヤ板張りの床の為、隣の子が重心を変えた際に軋み、放屁のような音が出てしまったようであった。

全体の空気が止まった。

練習中にふざけたり笑ったりする事を嫌う先生であった為、笑い声こそ響かぬが何名かが笛から口を離し「今の誰?」と犯人を探す声が聞こえた。

血の気が引いていく隣の子を何とかしなければならない。

私は手を挙げ、今の音は人間から出た音ではないと主張しようとしたが、大勢の前で発言するなどと慣れぬ事をしたせいか上手く言葉が合わさらず
「今の音は私から出た音ではありません」
と、一目散に己の身の潔白を主張しているようになり、逆に皆の疑いが私に集中した。

予想に反した流れになってしまった。

この際なので音は私が請け負うが誤解を解かねばならない。

私は、音の出所は私であるが、あれは私の重みに耐えかねた床の悲鳴であると主張し、証明の為腰から下を左右に回転させ軋む音を響かせた。

しかし、あまりにその音が放屁の音と酷似していた為、腰を振りながらポップに放屁を繰り返す狂気的な絵面となった。

すぐに吹けるよう口に咥えたままであった者達のリコーダーから気の抜けた音が響いた。

リコーダーを介しての彼らの悲鳴であった。

これは怒られるかもしれぬと覚悟を決めていたところ、先生は声を震わせながらも
「古い……建物ですからね……」
と、こちらの精神面に気を遣ってくれたようであった。
しかし、何処となく疑われている雰囲気を私は感じた。

ぷ
ぷ
ぷ

ここまでやっても駄目ならば、もはや放屁と思われても致し方ない。

「また鳴らすなよ？」

と、お調子者が声をかけてきたので、私は半ばヤケになり、私は鳴らさぬつもりだが尻の方がなんと言うか……と告げると、言い終わるか終わらぬかのうちに先生が何かに急かされるように演奏開始の合図を切った。


皆の心が鎮《しず》まる前に突如演奏が開始された為、リコーダーの音は不揃いに弱々しく震えた。先程まではリコーダーの軽やかな音色によって美しいエーデルワイスが咲いていたというのに、今や枯れかけの瀕死のエーデルワイスが地面から生えている。

同じリコーダーから出た音とは到底思えぬ有様であった。

おどろおどろしく震える音色の中、耐え切れなくなった者達が時折鼓膜を突き破るような高音を発し、荒廃した土地のエーデルワイス周辺に雷が落ちまくっているような印象を与えた。


先生は手を挙げ、曲を止めた。

「休憩を……」

と、言い足早に部屋の外へ出ていった。扉の窓から普段厳しい先生が壁にもたれかかり震える姿が見えた。

我々も先生がいなくなった事で、ついに限界が訪れた。

瀕死のエーデルワイスのおかげで全てがうやむやになり私は命拾いした。

隣の子が私の肩を突《つつ》くと、小さな声で
「有難う」

と、言った。

私は笑顔で頷いたが、ベニヤが鳴り濁音で返事をしたようになってしまった。

隣の女の子もついに崩れた。

その後、我々は演奏を始めようとリコーダーを構えると、瀕死のエーデルワイスが脳裏を過《よぎ》る呪いにかかり、練習は非常に難航した。

不審者が公園で見つかり悲鳴を上げた話

夜にアルバイト先の児童館に寄付の品とイベントに使う景品を持っていこうとしたところ、通りかかった公園に今にも喧嘩が始まりそうな中学生達がいた。

互いにやる気ならば放っておくが、二対一で明らかに一の方に争う気が感じられなかった。人がいると知れば大抵は捌《は》ける為、私は物陰に隠れ出せる音の全てを出し人がいる事を主張する事にした。

すると、数の多い方の一人が様子を窺《うかが》いに来たのか、いつの間にか物陰からこちらを覗いていた。

その瞳には吹くと伸びるピロピロ笛を咥え、タンバリンを激しく打ち鳴らし、鈴の輪を両手首に装着した状態で、全身を動かし音を出している変質者が映った。

色んな楽器を一度に鳴らす事によって複数人いると思わせる作戦が裏目に出てしまった。

まさかこんな得体の知れない者が物陰に潜んでいるとは思わなかったのだろう。中学生は悲鳴を上げた。

私も悲鳴を上げたが口に笛を咥えていた為、声の代わりに笛のピロピロが伸びた。

中学生の喧嘩の声を聞きつけたのか、近所の正義感の強いオヤジが駆け付けてきた。

しかし来てみれば、中学生の他に不気味な佇まいの何かが口から笛を伸ばしている。

当初の問題は喧嘩をしそうな中学生達であったが、今や私の方に新たな問題が浮かび上がろうとしていた。

逃走する事も考えたが、身体に取り付けた鈴を響かせながら疾走する自身の姿を想像したところ、その様が精神に異常をきたしたサンタクロースの様であった為自重した。

オヤジは

「とりあえずお前ら全員集まれ」

と我々を召集した。

オヤジはまずは中学生達の話を聞き、暴力は犯罪である事、そしてやる気と人数の伴っていない一方的な喧嘩は人として、漢《おとこ》として恥ずかしい行為であると述べた。

オヤジは厳しくも説得力と愛のあるオヤジであった。

中学生達は口を挟む事もなく、オヤジの言葉を素直に聞いていた。

我々はオヤジの話から大切なものを学んだ。心に甚《いた》く染み渡ったところで皆の視線がこちらに集中し「ところでこの身体に鈴を纏《まと》っているコイツは何？」という雰囲気が漂い始めた。

ついにこちらに焦点が合わさってしまった。

私の身が強張ると同時にシャンと鈴の音が鳴った。


オヤジは中学生達に「この鈴の人は知り合いか？」と訊ねた。

喧嘩している横で鈴を狂ったように鳴らし続ける知り合いがいたとすれば、私ならば全力で縁を切る。

中学生達は必死に首を横に振り「違います」と答えた。

彼らも私の一味だと思われれば不本意であろう。中学生達の名誉の為、私も彼らとの関連性を首を横に振り否定した。鈴も激しく鳴った。

私が動く度に身体の鈴は鳴り響き、オヤジと中学生達の集中力を大いに乱した。

「ちょっと集中できないから、鈴を取ってもらっていいかな？」

と、オヤジが若干声を震わせながら申し出てきた。

私は鈴を外そうとしたが、鈴のプラスチックの輪の部分が手首に引っかかり苦戦した。

折角の青春の一ページが、私という存在の為によく分からぬページとなっているのを感じた。

オヤジが一先ず私の存在を無かった事として中学生達に再び語りかける中、私は一人孤独に鈴と戦っていた。

鈴を外す事に全神経を集中させているその最中《さなか》

「はい！　じゃあ、全員握手！」

と、オヤジが唐突に大声で号令をかけたので、私は驚き反射的に手を差し出してしまった。

しかし、恐らくこの「全員握手」の「全員」の中に私は含まれてはいなかった事だろう。

できれば「鈴野郎を除き全員握手」と言って頂きたかった。

私が彼等の立場ならこんな得体の知れぬ者と握手などしたくない。

しかし、中学生達は一瞬たじろいだが、それでも握手をしてくれた。

良い子達だなと、私は鈴の音を鳴らしながら思った。

この事を母に話したら、「いずれ回覧板の不審者情報に載るだろう」と嫌な予言をした。

なるべく近所では徳を積み、大人しく過ごそう。私はそう胸に誓った。

病院の順番が前後し先に呼ばれた事によって予想のつかない被害を受けた話

眼科でコンタクトレンズを受け取る際、定期健診の視力検査を受ける事となった。

席に座り、先に視力検査を受けている見ず知らずのオヤジを眺めながら自分の順番を待っていると、花粉のせいか私の目を強い痒みが襲った。

掻《か》いては検査に影響を及ぼすと思い、指で左右の目尻を引き伸ばし上下に揺らす事で痒みを軽減していたところ、右耳元でブツッと紐の切れる音が鳴った。

瞬間、私のマスクははらりと剥がれた。

検査をしていたオヤジの目に、両方の鼻の穴にティッシュを詰め込み目が横に引き伸ばされている明らかに対人用ではない私の顔面が公開された。

先程洟《はな》をかんだ際に鼻血が出てしまい、マスクで人目に触れぬのを良い事に臆する事なくティッシュを詰め込んだ事が仇となった。

検査のCの方向を答えている途中で衝撃的なものを見せられたオヤジは
「右ィイィイッ!!」
と奇声を発し、突如発狂したようになってしまった。
一体俺に何の恨みがあるのだと思った事だろう。

受付の人が替えのマスクを探してくれている間、私の名前が呼ばれ視力検査の準備が施された。

ティッシュを両鼻に詰めたまま検査用の丸眼鏡をかけられた為、パーティーの鼻眼鏡のような非常に人の神経を逆撫でする風貌となってしまった。

何となく看護師の方を見ると、看護師は目を逸らした。

オヤジに至っては検査の要《かなめ》であるCの方向が言えなくなっていた。


ややあって受付の人がマスクを持って現れたが、視界に私の鼻眼鏡が直撃した途端、彼女は奥に引き返し一度マスクは私から遠ざかった。

他方に多大なご迷惑をおかけした状態で私の視力検査は終わった。

オヤジは私より早めに視力検査を受けていたというのに、まだ終わっていなかった。

診察室から私の名前が呼ばれ、カーテンを開き中へ入ると先生が開口一番に
「最近調子はどうですか?」

と、訊ねてきた。

「ご飯もよく食べて元気です」

と、反射的に答えると先生の動きが止まった。

「目の……調子はどうですか……？」

と、訊き直されたので、己の失態に気がついた。

冷静を装い先のやりとりなど無かったかのように努めたが
「目薬もよく吸って元気です」

と、明らかに先程の発言に引っ張られた訳の分からぬ返答になってしまった。

私の吸収力の良い目の診察が行われた。
若干結膜炎になっていた。
痒いのはこのせいであった。
何なら全然元気ではなかった。
診察を終え、外に出ると先程のオヤジが顔を手で覆い小さく震えていた。
中の会話が筒抜けであった為、オヤジに追加のダメージが入ったようであった。
オヤジの名が呼ばれ、その震える背中が診察室へ消えていくと
「うわ、今度は何です？」
という先生の声が聞こえた。

間違いなくあのオヤジにとって今日は厄日であった。

近所の野良猫に「猫と仲良くなる方法」を試してみた話

近所でよく会う老猫は、寄ってくるのだが常に一定の距離を空けている。

私は猫と打ち解けるという方法を実践する事にした。


その方法は「猫に臀部《でんぶ》を向ける」という至ってシンプルなものであった。

私は相撲の構えの様な体勢で臀部《でんぶ》を高々と掲げた。その際、高い声で優しく喋りかける事も重要であり、私は怖くない存在であるという旨を猫に伝えた。

そこまで行った後に猫の方を確認すると、呆然としたおじさんが立っていた。

猫の姿などとうに無い。

その刹那、江戸時代に橋の下から生尻を出して現れ通行人を驚かせていた者が、反射的に武士に斬られたという話が脳裏を過《よぎ》った。

まさか廃刀令に感謝する日が来ようとは思いも寄らなかった。

夕陽の余韻が残る薄暗い空は、辺りの景色を薄っすらと朱色に染め、風が草木を揺らす音だけが響いた。その空の下、おじさんは初対面の臀部《でんぶ》に「怖くないよ」と囁《ささや》かれている。

怖くない訳があるまい。

意図せぬ臀部《でんぶ》の怪異との遭遇におじさんは言葉を失っている。

怪異と相見《あいまみ》える運命ならば、せめて臀部《でんぶ》以外の形状の怪異であってほしい事だろう。万が一に襲われでもすれば、尻状の何かにやられたと己の歴史の最期に刻む事となってしまう。

しかも私は柄物の衣服を身に纏《まと》っていた為、この怪異は毒も含んでいそうである。おじさんと臀部《でんぶ》は両者共に引かず、互いの間に緊迫した空気が漂った。

私は「ボールが見つからないなあ」などと呟き、苦し紛れにボールを捜すふりをした。

尻子玉でも落としたのだろうか。

言葉を発した後、臀部《でんぶ》の妖怪が落とす物などそれくらいである事に気がついた。

恐らく天敵は河童だろう。

臀部《でんぶ》の妖怪というだけでも身に余るというのに、そのうえ「尻子玉を失った」という悲惨な肩書きまで、己に課してしまった。
もはや万策尽きた状態であった。

これまでか……と観念し、私は姿勢を正した。

日が沈むと呪いが解け人間に戻るシステムだと思われたかもしれない。

あまりの気まずさに私の尻子玉は今にも弾け飛びそうである。


私はこれ以上不審者だと思われぬよう、おじさんに臀部《でんぶ》の化身となっていた理由を正直に話した。おじさんもどうやら同じ猫と仲良くなりたいようで、その方法で効果があったのかと訊いてきた。

検証の結果、気がつけば猫ではなくおじさんが佇んでいた旨を話した。

我々の間に再び気まずい空気が漂った。


おじさんが猫缶を開けると、茂みから先程の猫が再び姿を現した。

近くにいたなら早めに出てきてほしかった。

猫は私と目が合うと何とも言えぬ表情をした。

その目は、朝の誰もいない教室でヒゲダンスをしていた私を目撃してしまった担任の目に似ていた。


奇怪な出会いであったが、これをきっかけによく話すようになり、猫よりも先におじさんと打ち解けていった。臀部《でんぶ》の効果は猫ではなく、おじさんに発揮されたようであった。

後《のち》に近所の人の話を聞くと、このおじさんは「人間よりも猫が好きで、よく地域の猫達の世話をしてくれている人」らしい。

おじさんが私と仲良くしてくれている事を考えると、私は妖怪の類いとして受け止められているのではないかと心配になった。

いつか、猫は私に慣れてその身を擦り寄せてくれるだろうか……淡い期待を抱きつつ家に帰ると、その猫が何故かうちの車のタイヤに一心不乱に尻を撫で付けていた。

臀部《でんぶ》を掲げた効果なのだろうか。猫との距離は縮まるが、肛門を撫で付けられるという副作用もあるのだろうか。

猫はこちらを見つめたまま勤しみ、その動作は止まる事がなかった。

存分に擦り付けるが良い。

そんな猫も、ある日からおじさんと一緒に暮らす事となった。

おじさんに優しく抱きかかえられ外の風を感じ、いつもの場所でおじさんの膝の上に乗り目を細めている。

外で生活できなくなった猫達は、最後はこの優しいおじさんの側で生涯を終える。

人が苦手なこのおじさんは、近所の人々と猫達に好かれている。

中村誠一郎の日常「変身」

僕の名は中村誠一郎。

何不自由なく人並みに過ごしてきたが、クラス替えが行われ僕の日常は変貌を遂げた。

僕の前方の席の田中は、中学二年生になるというのに未だに頭脳だけが小学校時代に取り残されているのか、プリントが配られればぐしゃぐしゃにして後ろの僕へ渡し、文字を消せば消しかすを僕の方へ投げてくる始末であった。

僕は幼少の頃より祖父母に愛情を持って育てられ、それ故に口調が少々古臭い。それがどうやら田中の格好の餌食となったようであった。

相手にするまでもないと放置していたが、ある日僕が楽しみにしていた弁当のおやつのアンパンを食われた。それも堂々と目の前で。

その衝撃は目の前でアンパンを握りつぶされたアンパンの顔を持つヒーローの心情に匹敵する。流石にこれは僕も我慢ができなかった。アンパンも田中に食われさぞかし無念だった事だろう。

僕はこの時、田中に復讐を誓った。

僕の朝は早い。

いつもよりも早くに登校し、田中の下駄箱を探す。我が校は下駄箱に名前が貼られているので間違える事はない。

僕は手に持っていたサインペンの蓋を静かに開けた。

田中の「田」の上を少々飛び出させ、氵を付け足し、更に「中」の下に少々線を加え、「田中」を「油虫」にしてやった。

友人に用がありパソコン部にお邪魔した際に、僕はたまたまネット掲示板の「田中」を「油虫」にしたという古い書き込みを見つけた。つまりこれはインターネットから得た先人からの知恵である。何という運命の巡り合わせだろうか。画面の向こうの先人が時を経て僕に微笑みかけているようだ。

僕はできあがった「油虫」を眺めた。なかなか良い出来栄えである。幼少より書道を習っていた事が輝く時がきたのだ。

世の中に無駄な事など何一つない。

齢《よわい》十三歳にして僕はこの世の理《ことわり》を理解した。

作業を終え、疑われぬ為に僕は一度学校を出た。

そして、皆が来る頃まで時間を潰し再度登校すると、前方に丁度田中がいた。

彼は下駄箱から上履きを出すと、再びすぐに目線を下駄箱に戻した。

人間、予想だにしない事が起きると二度見するものなのだと僕はその時学んだ。


瞬間、彼の口から唾が飛んだ。

妙にツボに入ったようであった。

クラスメイトの手前威厳を保ちたい田中は必死に笑いを堪え悪態を吐こうとしているようであったが、その努力虚しくより苦しそうに咳き込む結果となった。

その後、咳が落ち着いた田中は
「ふざけるな、誰の仕業だ」

と、怒りながら教室へ向かった。

過剰なまでに不機嫌そうな顔をし、ロッカーへ荷物を入れようと扉に手を掛けた瞬間、田中の動きが止まった。

再びの「油虫」のご登場である。

我が校は下駄箱だけでなく、椅子、机、ロッカーなど、全てのものに名札が貼ってあるのだ。

ロッカーを開けても油虫、席に座っても油虫、どこへ行っても油虫が付いて回るのである。

田中はガンッと大きな音をたて席に着いた。

その後何かに気がついたのか、そっと机の中に手を入れた。

現れたのは田中が置き勉したノートや教科書であった。

無論全て名前は「油虫」である。


それを見るや否や今度は力なく机に顔を突っ伏した。

「だんだん上手くなってんじゃねぇよ……」

と油虫が小さな声で申している。

お褒めに与《あずか》り光栄である。

下駄箱から始まり回を重ねるごとに僕の技術は上がり、教科書に辿り着く頃には、よりバランスの取れた美しい「油虫」へとなっていったのだ。

正直自分でも感動で手が震えた。


ここまでは順風満帆であったが、朝のホームルームの時に事件は起きた。

「全学年の田中の下駄箱が全て油虫にされた。何か知っている者はいないか?」

と、担任が我々に問うてきたのだ。

より違和感のない油虫に仕上げる為、僕はこの学校の全ての田中の下駄箱で練習を重ね、ランナーズハイならぬ書道家ハイに陥《おちい》っていた。

お陰様でこの見事な仕上がりである。

この「油虫」の美しさは学校中の全ての田中の犠牲の上に成り立っている。

しかし、僕に抜かりはない。

目撃を絶つ為に朝早く犯行を行い、更に偽装登校まで果たしたのだ。

その時だった。


クラスの一番後ろの席の橋本君が手を挙げた。

彼は非常に大人しく、いつも朝一番に登校し誰とも会話をせず休み時間も静かに勉学に費やしているような真面目で善良な生徒だ。

僕は一言も彼と言葉を交わした事はないが、彼のその勉学への熱意には感服していた。

その大人しさ故、授業でも一度も手を挙げた事のない彼が、今高々と手を挙げているのだ。

担任もこれには驚きを隠せぬ様子であった。

「どうした？　橋本」

「はい、中村君がやっているのを見ました」

図ったな橋本。何故、今発言するんだ橋本。

黙って勉強でもしていろ橋本よ。

クラスメイトが「橋本君て、ああいう声してるんだ……」と騒然とする中、彼は何かをやり遂げた表情で着席した。それと同時に、教師の鋭い眼光が僕を貫く。

因みに、我がクラスの担任は皆に恐れられている体育教師であり、彼が現れれば鳴かぬホトトギスも流暢に人の言語を喋り出すと言われる程の迫力を持つ。

田中がわざわざ後ろを向き「お前かよ」と机を蹴ってきた。

橋本君の裏切りにより僕はそのまま、担任に職員室へ連れて行かれる事となった。

その後、僕の橋本君を見る目は少し変わった。

油虫

中村誠一郎の日常「墨」

僕の名は、中村誠一郎。

僕の前方の席の田中は不良であり、時空が歪み頭だけ過去に逆行したのか、何かと後ろの席の僕へ幼稚な嫌がらせをしている。

プリント配布時、田中から無事に紙状の物が僕に届けられた事はない。

そんな田中もウィルスには勝てなかったようで、二日間学校を休んだ。

僕の登下校の道は田中の家の近くを通る為、本来なら昨日提出する予定だった書道の宿題を田中の家に届けるよう担任に頼まれた。休み明けの月曜日に出すようにとの事だった。

インターホンを押すと田中の母が現れた。

恰幅の良い肝っ玉母ちゃんといったところだろうか。

宿題の件を伝え無事に和紙は渡せたが、帰宅してから何の漢字を書くか伝えていなかった事に気がついた。しかし、宿題など一度もやってこなかった田中が素直にやるとも考えられなかったので、そのまま放置する事にした。

月曜日の朝、田中はいつもより早めに登校してきた。

皆の作品を教室後方の壁に貼り出している僕に詰め寄ると、何やら紙状のものを渡してきた。

書道の宿題であった。

いくら田中といえども母には勝てなかったようだ。

今すぐ貼れと宣《のたま》うので一度担任に提出しなければならない旨を伝えたが、田中は
「いいから貼れよ」

と怒鳴り、教室を出て行ってしまった。

僕は田中の意見を尊重し貼ってやる事にした。

朝のホームルームの時間となり、担任が教室に入ってきた。

いつも通り進行しようとした矢先、担任の目が僕達の後方に止まった。

担任の瞳に広がったものは墨で書かれた沢山の「花」という字の中心にある田中作の「先公」の文字であった。

まるで葬式である。

しかし、僕は度重なる田中からの嫌がらせにより心が荒んでしまったが為に、葬式などと

縁起でもないものを思い浮かべてしまったが、心が綺麗な者が見れば美しい花畑の中心に佇む担任の姿が見えなくもないだろう。

ここは日々無垢な子供達と接する担任の曇りのない瞳を信じるべきである。

「田中。何のつもりだ?」

担任の目がどんどんと血走り、今までに聞いた事のない低い声が教室に響いた。

どうやら担任の目には美しい花畑は見えなかったようだ。

田中は状況が飲み込めず担任の視線を追い後ろを向き、ようやく現状を理解したようであった。瞬間、みるみる顔が青ざめていくのが見て取れた。

「いや、違う……俺だけど……」

俺だけど、俺じゃない。

僕には分かるぞ、田中。お前の言わんとしている事が。

因みに我がクラスの担任は皆に恐れられている体育教師である。

動物園の糞を投げ散らかす荒ぶるゴリラですら、担任と目が合った瞬間持っていた糞をそっと地面に置いたという逸話を持つ程の迫力の持ち主である。

田中が青ざめるのも無理はない。

花
花
花
花
花
花
先公
花
花
花
花
花

折角珍しく宿題をやってきたのだから、ここはその田中の誠意を讃え、中心に貼ってやろうと気を利かせた事が裏目に出てしまったようだ。

墨が招いた悲劇である。


その後、田中の姿は職員室へと消え、一時間目の授業が始まっても戻ってこなかった。

帰ってきたかと思えば余程恐ろしい思いをしたのか、とても大人しい田中へと変貌していた。

我が家の猫達の話

大学で清掃の人達が世話をしていた猫が怪我をし、そのうちの一人が病院に連れて行ったが外に戻すのはもう難しいと言われた。

その人は引き取る気でいたが、検査の結果その猫が猫エイズに罹《かか》っている事が発覚した。

先住猫の事を考え泣く泣く断念し、保護団体へ行く方向で話が進んでいたところを、ならば家に来てもらおうと願い出て今に至る。

猫は右腕に深く怪我を負い、治療やこれまでの疲れで非常にだるそうであった。

私の部屋に放たれると、あらかじめ隠れられる様に片付けカーテンを取り付けた本棚の一番下の段にその身を隠した。

トイレを覚えるまでは掃除との戦いになるだろうと保護した人が私に話しているその横で、猫は教えてもいないのに真っ直ぐにトイレに向かい、用を足すと再び本棚に戻っていった。

一目見ただけでトイレを理解していたのだ。

私はとんでもない天才が現れたと震えた。

既にこの時点で、トイレの場所が分からず漏らして途方に暮れたまま学校を徘徊していた幼き日の私の頭脳を猫は遥かに上回っていた。


猫に「うに」と名付けた。

その後、うには夜になると十五分毎に夜鳴きをしだした。

きっと傷が痛むうえに心細いのだろう。

声をかけて撫でると鳴き止むので、鳴く度に私はうにを撫でに本棚へ向かった。

三日程経つと段々と私のほうも慣れていき、人が目覚まし時計が鳴る直前に目を覚ますようにうにが鳴き出す瞬間を事前に察知する特殊能力を身につけていた。

遂には「にゃーん」の「に……」のところで、本棚のカーテンを捲り、声をかけられる様になった。

これにはうにも若干引いていた。

「まだ呼んでねえ」という顔をしていた。

鳴き出そうと口を開いた瞬間に、壁をぶち壊し隙間から覗いてくる例の巨人のような登場を果たす飼い主が余程不気味であったのだろう。四日目くらいから夜鳴きをしなくなった。

「遠慮などする必要はない」

と、伝えたがうにの夜鳴きは自粛された。

なんて慎ましやかな猫なのだろうか。

慣れるまで時間を要するかと思ったが、うには驚く程友好的であった。

しかも、初日以降もトイレを完璧に使いこなしている。

そんなうにと比べ、私は人間の方のトイレ掃除をしている際に誤ってボタンを押してしまい、全身でウォシュレットの洗礼を受ける事となった。

我が家の物は何世代か前の物であるので無いが、この手のトイレに後《のち》に人感センサーが搭載された理由が噴射の水と共に身に染みてよく分かった。

うにが背後にいた為、その場を退く事もできず、私はただ一身にその噴射を受ける他なかった。

しかも水圧が「強」であった為なかなかの被害であった。

日頃から尻に強い水圧を与え続けている者がこの一族の中にいる。

私はその者の強靭な尻を恨んだ。

うにが心配をし背後でウロウロとしているので

「私に構わず逃げろ」

と、一生使う事のないと思われた格好良いセリフを初めて口にした。

しかし、義理堅い猫である為、うにはその場から離れなかった。

その義理堅さとウォシュレットに板挟みされた私は、ただただ一階にいる母に助けを求める事しかできなかった。


騒ぎを聞きつけた母がようやく二階に上がってきた。

母は、ウォシュレットを全身で受け止める私と、それを見守る猫の姿を見た。

一体こいつらは何をしているのだろうと思った事だろう。

そして、無慈悲にも母によってトイレの扉は閉められた。

ひとりの犠牲により多くを助けるという、部隊などでは必要な判断力が母に備わっている事をウォシュレットを通して知った。

「うにだって上手にトイレを使いこなしているというのに」

という母の言葉が忘れられない。


しばらくすると、うにの傷はかなり塞《ふさ》がってきたが、まだ通院は続きエリザベスカラーを取る事は許されなかった。

ある日、うにはベッドの下に侵入しエリザベスカラーが挟まり抜け出せなくなった。

その為、朝から父母私と三人がかりでベッドを持ち上げるというエネルギーのかかるイベントが発生した。

しかし、その事によってうには何かを学んだ。

隙間にエリザベスカラーを挟み、弛《たゆ》んだところで頭を引く事によって脱ぐという荒技を披露するようになった。

隙間に抜け殻のようにエリザベスカラーが挟まっている事が多くなった。

隙間があれば己のパンツを差し込む母同様、侮れぬと私は警戒を強めた。


しかし、その頭の良さ故、診察にも暴れる事なく非常に協力的であり、傷は予定より早く塞《ふさ》がった。


かくしてうにが来て一年後、室内の換気をしようと窓を開けると、何者かが庭に侵入し、こちらを見ていた。

近所の野良猫であった。

最初は植木鉢を昼寝場所にしているところを父が目撃し、植えた覚えのない猫が生えていると驚いていたが、その後その猫は窓から室内を覗くようになった。

しかも、窓の端から半分だけ顔を出すという絵に描いたような覗き方であり、うちの父がやろうものならば警察沙汰になる事が約束されている所作であった。

うにもその猫も雄であったが、何故かその猫はうにに懐き、どこからか貰ってきたカリカリなどのお土産を窓辺に置いていくようになった。

うにの元ボス猫の風格がそうさせるのだろうか。

片目が目ヤニでしんどそうではあったが、猫はそれでも元気に我が家に通っていた。

しかし、数日後、ふとその猫の顔を見ると目ヤニがもう片方の目に広がっていた。

心配のしすぎで我々家族一同の毛根が頭皮から別れを告げる前に、猫を保護し電話をした後に動物病院へ駆け込んだ。


診察の際にカードを作るので猫の名前を書くようにと言われたが、何を思ったのか父の名前を書いてしまい、危うく我が家に「賢作」が増殖するところであった。

しかし、名前と言われても、私の頭ではすぐには思い浮かばなかった。

だからといって「猫」と書けば、人間に「人間」と名付けているようになってしまう。

私は考えた末、猫がペルシャ猫の血を持つらしかったので「ペルシャ」と書いた。

結局日本人に「邪馬台国」という名前を付けたようになってしまった。


しかし、よく「猫を保護したらすぐに動物病院へ」と聞くが、今回のケースでは当てはまらなかった。（勿論野良で元気であったとしても子猫であったり、成猫でも診察を受けられる程大人しい場合や、怪我をしている場合は必要であり、それ以外の場合でも決して自己判断はせずに必ず獣医師との相談は必要である）

逃げに逃げ回り、モニターの上で鳴いてみてはライオン王の風格を表し、かと思えばぬいぐるみに擬態し、細い隙間に入れば自分は綿埃《わたぼこり》であるので放っておいてほしいと背中で語り、到底診察できる状態ではなかった。

「まずは好感度を上げましょう」

現実で乙女ゲームのチュートリアルのようなセリフを獣医師に投げかけられる事があろうとは思わなかった。

現在の自分への好感度を教えてくれる胡散臭い男子生徒の存在の有り難さを知った。

猫を猫用のキャリーケースに戻すと

「賢作ちゃんは、皆さんとは完全に部屋を分けてくださいね」

と、獣医師による突然の父の隔離命令が下された。

先生は先程の名前を書くところまで近くにいたので、猫の事を賢作だと思い込んでいた。

「賢作ちゃんがトイレ以外の場所で用を足しても、大きく反応すると驚いて心を閉ざしたりしますので、慌てず騒がず対応してください」

と言葉を続けた。

父が突如トイレ以外で用を足した暁には、間違いなく我々は阿鼻叫喚する事であろうが、とりあえず頷いておいた。

看護師が先生に何かを耳打ちすると先生は

「ごめんなさい……ペルシャちゃんでしたね……あの……賢作さんは……」

と、声を震わせた。

「賢作は父ですね」

と、伝えると看護師は先生を見捨て口元を押さえて一人だけ奥に消えていった。

幸い父はトイレ以外で用を足す事も隔離される事もなく、我が家の平和は保たれている。


猫に関しては言われた通り部屋を別にし、入室の際は私を介して猫同士の病気を感染させぬよう服を着替えた。冬であった為非常に辛かった。

名前はペルシャからとり、「ぺる」と名付けた。「邪馬台国」から「やまたい」へとより名前らしい響きへと進化した。

廊下で服を脱ぎ、部屋に入ってその部屋専用の服を着る為、家族は度々私の震える生着替えを廊下で目撃する事となり、非常に不快な顔をしていた。

更に、いきなり肌色が多い状態で青い顔をし震えながら部屋に入ってくる人間を見て、ぺるの方も訝しげな顔でこちらを見ていた。

非常に肩身の狭い思いをした。


ぺるのいる部屋で、無理には近づかず昼寝をするなどしていると、だんだんとぺるが私に慣れてきた。

五日後くらいには、ぺるがソファに丸まるところを腕で包みこみ一緒に昼寝ができるところまで距離は縮まった。ここまでくると、夜に部屋を出る際にぺるが寂しがり「行くな行くな」と鳴き出すようになった。

再び腕で包み、眠るまで撫で摩《さす》り頃合いを見て部屋を出ようとするが、人感センサーが搭載されているのか、人が離れると起きて鳴き出した。

このセンサーが我が家のウォシュレットに搭載されていればあのような惨劇が起こる事はなかった事だろう。

これを毎夜三回程繰り返した後、寝床に入るという日々が続いた。

そして一か月後、ついにぺるは検査を受けた。

結果を訊きに行くと、看護師が非常に深刻な顔でぺるが猫エイズに罹《かか》っていた事を告げた。

しかし、こちらとしてはうにが既に患《わずら》っているので、一緒に生活できる事が確定し何の問題もなかった。

そう伝えると看護師はほっとした顔をしていた。

あとは、発症しないよう気をつけ、した時の為に猫貯金を蓄えておくまでである。

そこが一番の難関ではあるが、病気を持っていようが何だろうが、少しでもこの猫達が安心して寝られ幸福に暮らせるよう全力を尽くす事が大切なのである。

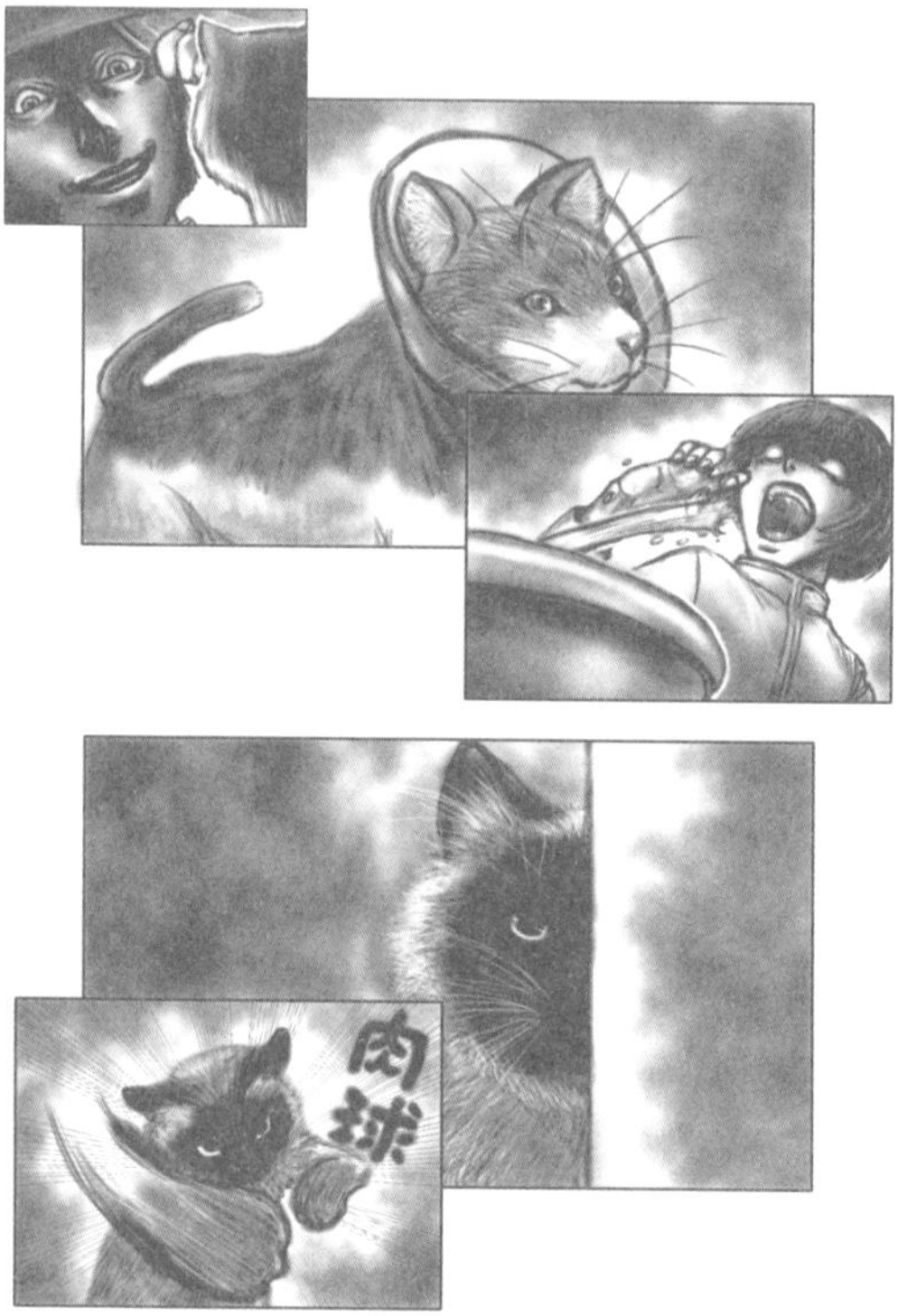
肉球

しばらくするとぺるはよく鳴くようになった。

しかし、従来の「にゃーん」ではなく、「あれれぇ？」と、身体は子供だが大人の頭脳を持つ例の少年探偵が、敢《あ》えてすっとぼけている時のような声で鳴き出した。

うにも当初は「オトゥサァン」などと若干恐ろしい鳴き方を披露していたが、猫とはそういうものなのだろうか。

激しく甘えてくるので撫で摩《さす》り、その手を止めると真っ直ぐに見つめ距離を詰め「あれぇ？」などと言ってくる為「あれぇ？ もうやめるんですか？」と、何やら遠回しに責められている感覚に陥《おちい》った。

その後、うにとの顔合わせも済み、三か月程経った頃、ぺるは甘えはするが初期のような激しい甘え方をしなくなった。

自分のペースができてきたという事だろうと嬉しくもあったが、少々寂しくもあった。

ある日、ぺるが自室のベッドで丸まっていたので、保護したての頃のようになんとなく腕で囲ってみた。

すると、はっと目を見開き、「すべてのピースが繋がった！」という顔をし、突然激しく甘えだした。

「あんたは、あの時の！」

という目をしていた。

どうやら記憶が繋がったという事らしい。

以来、よく膝の上に停留している。


このようにして二匹が我が家に揃い、最初こそぺるのうにへの親愛の表現が重すぎる故、取っ組み合いへと発展していたのでこちらも心配したが、今や寄り添って平和に昼寝などしている。

気の良い二匹は私とも非常に仲良くしてくれて嬉しい限りである。

しかし、父と母に対してはまだ若干の警戒の念が残っている。

ある日、母が炬燵《こたつ》で暖まっていると、母の足が何者かによる襲撃を受けた。

犯行の凶器は肉球の様なものであり、犯人と思わしき猫が逃走する姿を現場に居合わせた先住の猫が目撃している。


後日、その話を母から聞いているとぺるが現れ、母はぺるを見るや否や
「お母さんを叩いた奴が来た」

と、呟いた。

どうやらぺるは母に恨みをかったようであった。

その後も、時折ぺるは炬燵《こたつ》の母の足を肉球で殴打したり、洗濯物を畳む際に母のパンツを見つければ攻撃を加えている。

何か母に対して不満を抱いているのだろうか。

しかし、母も猫達を深く愛しており、何か心配事があるとすぐに連絡をくれるので助かっている。

ある日、うにがやたらと手を気にして舐めているので、怪我でもしているのではないかと心配した母から早く帰宅するようにとの連絡が入った。

急いで向かっていると、キャッチの男性が行手を阻んできた。

私は愛猫のうにが心配である事を伝えようと「うにが大変なんで」と一言申して走り去ろうとしたが、発音が疎《おろそ》かになり

「海が大変なんでぃ」

と、江戸の漁師のような発言となった。

その日、私はいくらキャッチといえども海の危機となれば道を譲る事を知った。

帰宅すると、確かに手を頻繁に気にして舐めていた。

一先ず元気そうではあったが、病院へ連れて行く事にした。

可愛らしい毛に隠れ一見するだけでは分からなかったが、うにの人差し指と中指が交差しており、国外であったら場所によってはブチギレられているハンドサインをしていた。

どうやら爪が長かった為、指が引っかかってしまったようであった。

そのまま爪切りをお願いすると、先生は猫が安心するように常に猫の視界に入るよう私に要求した。

しかし、うには私が視界に入ると顔を背けた。この時はまだ私は知らなかったが、普段から故意に物を落とすなどしないうにが、うっかり尻で机のものを落としてしまったらしく気まずかったようであった。

私はうにの視線に入り続けたが、追ってくる顔などなかなかの恐怖ではないだろうか。

私はうにの心情を心配し
「逃げても追ってくる顔など悪夢のようではないですか？」

と、訊くと、先生は一度手を止めた。

真顔で視界に入るからよろしくないのではないかとアドバイスを頂いたので、今度は満面の笑みでうにの視界に入った。

しかし私はその日、差し歯が抜けていた。

猫の視線と共に揺らぐ歯の抜けた笑顔が先生の視界の隅にチラついた。


うにが動く度に私の顔面も先生の前で揺れ動くという不気味な事態となった。

先生は爪に集中する事で正気を保っていたが、側で見守っていた看護師のＳＡＮ値は瞬く間に削れていった。

この病院には本当にお世話になっている。

うには家に来た時には推定六歳から八歳、ぺるは三歳から六歳であった。

子猫の可愛らしさも勿論国宝級だが、成猫の可愛らしさも無双である。

そのうえ長い外での生活により食べてはいけない物などの見極めもある程度できており、周りを見る観察眼も備わっており、うにに至っては若干私の世話を焼いている節すら窺《うかが》える。

嬉しい事の方が明らかに多いが、それでもやはり心配事というものもある。

うには定期的に食欲が低下しがちであるが、そんなうにが食事をもりもりと食べ始めると、こんなにも世界は彩《いろど》りに溢れていたのだろうかと幸福感に包まれ、ぺるが結膜炎を発症すれば点眼に格闘し、目薬の半分が畳に吸収されようとも治れば本当に良かったと天を仰ぐ程である。

元気でいてくれるに越した事はないが、心配した事も共に過ごした時間の一つである。

私は彼らと共に過ごせる事を、鼻の穴に猫毛を吸い込みながら本当に感謝している。


全ての猫や犬や動物達に幸多からん事を。

あれれれえ？

あとがき

一冊の本ができてゆく過程というのは非常に感慨深いものであった。

まず全体的に編集の方々が、あの手この手で良さが引き立つようにしてくれ、何も分からぬ私を励まし、書きやすくなるよう全力を尽くしてくれた。栖周《すみあまね》氏のイラストラフがテロのように送られてきて我慢できずに電車内で閲覧し危うく人権を失いかけたりした事もあったが、そのイラストが文章と私のテンションを盛り上げてくれている。

カバーが人目を惹き良いタイミングにイラストが文章中に入っているのは、デザイナーの方の手腕であり、書店などでこの本を見かければ、置いてくれるよう営業の方々が交渉してくれたお陰である。「鼻《はな》をかむ」を「洟《はな》をかむ」と表記するという事も、私が漢字に長《た》けているのではなく校正の方々の知識である。これについては「まあっ、やーこさんて教養の高い方なのね。素敵だわ」と、こちらに都合の良い誤解が生じる可能性があるので黙っていようかとも思ったが、その様なメッキはすぐに剥がれ落ちるものなのでここに白状する。

そして、何よりいつも読んでくださっている方々、そして今こうして本書を手に取って下さっている貴方に感謝をお伝えしたい。本当に有難う御座います。

気の迷いで手に取ったそこの貴方も、気になって指紋をつけてくれただけでも非常に有難い。あとはそのまま正気を取り戻す前にレジに直行してくれれば尚更有難い。

やーこ

あとがき

皆様、はじめまして。
栖周《すみあまね》と申します。
この度は本書を手に取って
頂き、ありがとうございます。
私は普段、島根の山奥で住職を
しながら絵を描いております。

丁度一年前、やーこさんの作品に
出会い、余りの面白さに、思わずファンアートを
描いていました。某・TV画面から
抜け出てくる幽霊風の女性が
鼻血を流している絵でした。
やーこさんがその絵を面白がって
下さり、また他の絵も読者の方に
受け入れて頂いた結果
こうして本の挿絵を担当
させて頂く事になりました。

この御縁に深く感謝いたします。

やーこ

日常に転がるちょっとしたトラブルを、ドライブ感あふれる筆致でユーモアたっぷりに書き、Twitterとnoteで配信中。抱腹絶倒の展開と劇的なオチの真偽は定かでなく、謎多き存在だが、その世界観に魅了されるファンが増え続けている。

栖　周

1980年生まれ、島根県出身。雲南市の真宗大谷派寺院住職。見た人が笑顔になる様なイラストが描きたくて日々精進中。TwitterやSUZURI、pixiv、Skebに作品を投稿している。

猫の診察で思いがけないすれ違いの末、
みんな小刻みに震えました

2023年 5月 31日　初版発行
2023年 8月 10日　4版発行

著　者　やーこ
イラスト　栖　周
発行者　山下 直久
発　行　株式会社KADOKAWA
〒102-8177 東京都千代田区富士見2-13-3
電話 0570-002-301（ナビダイヤル）
印刷・製本　株式会社 暁印刷

ISBN 978-4-04-113805-2　C0093